山上憶良

Yamanoue no Okura

辰巳正明

コレクション日本歌人選002
Collected Works of Japanese Poets

笠間書院

『山上憶良』

目次

凡例

一、本書には、万葉集の巻一・二・三・五・六・八・十六から三十九首載せた。

一、本書は、東アジア文学の中の山上憶良を特色とし、憶良作品の思想的状況と作品形成に重点をおいた。

一、本書は、次の項目からなる。「作品本文」「出典」「口語訳」「鑑賞」「脚注」「略歴」「略年譜」「筆者解説」「読書案内」「付録エッセイ」。

一、テキスト本文と歌番号は、主として中西進『万葉集　全訳注・原文付』（講談社文庫）に拠り、適宜漢字をあてて読みやすくした。

一、鑑賞は、基本的には一首につき見開き二ページを当てたが、重要な作には特に四ページ以上を当てたものがある。

一、長歌については、行を分けて見やすく表示し、口語訳もそれに準じて掲げた。

山上憶良

01

いざ子《こ》ども早く日本《やまと》へ大伴《おほとも》の御津《みつ》の浜松《はままつ》待ち恋《こ》ひぬらむ

【出典】万葉集巻一「山上臣憶良《やまのうへのおみおくら》の大唐《もろこし》にありし時に、本郷《もとつくに》を懐《おも》ひて作れる歌」六三

さあ、みなさん、急いで日本へ帰りましょう。大伴の港の浜松が、われわれを待ちこがれていることでしょう。

この歌の題詞《*だいし》に、山上憶良が唐にあって、日本を思い詠んだ歌だとある。「いざ子ども」は、人々に対して呼びかける言葉。さあみなさん、早く日本へ帰ろうというのは、日本への帰国をみんなにうながすことを意味する。

憶良は大宝《たいほう》二年（七〇二）六月に、第七次遣唐使の少録《*しょうろく》として四十二歳で唐へ渡った。白村江《*はくすきのえ》の敗戦以来、三十年ぶりに再開された遣唐使の派遣であった。それだけに、今回の遣唐使派遣は、先進国である唐との国交正常化が

＊題詞—歌の前に置かれ、歌の成立事情が書かれていることば。

＊少録—書記次官。

＊白村江の敗戦—六六三年に朝鮮半島で起きた戦争。中国は新羅を支援し、日本は百済を支援した。

可能となり、国を挙げて大きな期待が寄せられたのである。船は大宝元年に博多から出航したが、暴風雨に遭い、この年に再出発となった。憶良が帰国したのは、慶雲《けいうん》元年（七〇四）か、同四年（七〇七）である。

　この時の遣唐使は、新しい*律令《りつりょう》の研究と、平城遷都《へいじょうせんと》のための都城建築のノウハウを学ぶことにあった。その成果は、和銅《わどう》三年（七一〇）に都は*平城《へいじょう》京《きょう》に遷都し、養老《ようろう》二年（七一八）には*養老律令が完成したことからも知られる。

　この歌は、日本への帰国が整って、いよいよ港を出発するという前夜に、唐に残る日本の留学生《りゅうがくしょう》や留学僧たちとの、送別の宴会で詠まれた歌であろう。早く日本へ帰ろうという気持ちには、懐かしい日本へ早く帰ろうという意味のほかに、早く日本へ帰り、先進国唐の学問を、日本で役立てようという気持ちがある。新しい日本建設の熱意がうかがわれよう。

　またこの歌は、日本人が外国で詠んだ最初の歌として記念すべきである。しかも、この遣唐使船に乗った留学僧の*釈弁正《しゃくべんしょう》も、「唐にあって本郷を思う」という*漢詩を残している。憶良も弁正も「本郷」「日本」という言葉を同じく用いていることから、同時の作と思われる。なによりも、唐の国に「日本」という新しい国号を伝えたのは、この時の遣唐使だったのである。

*律令―刑法と行政法の法律。

*平城京―現在の奈良市。東大寺の西側。

*養老律令―藤原不比等による法律。大宝律令の改訂版。

*釈弁正―唐で没。子に混血の朝元がいる。

*漢詩―「日辺の日本を眺め、雲裏の雲端を望む」（懐風藻）とある。

02

天翔《あまかけ》りあり通《かよ》ひつつ見《み》らめども人《ひと》こそ知《し》らね松《まつ》は知るらむ

【出典】万葉集巻二「山上臣憶良の追《お》ひて和《こた》へたる歌一首」一四五

空を飛び翔けり通いながら、皇子の魂は松を見ているであろうけれど、我々はそれを目にすることはできない。しかし、この結び松はきっと知っていることだろう。

斉明《さいめい》四年（六五八）に、*孝徳天皇《こうとくてんのう》の皇子である有間皇子《ありまのみこ》が、謀反《むほん》の罪で捕らえられ、*紀伊《きい》に行幸中の天皇に従った*中大兄皇子《なかのおおえのみこ》に取り調べられ、藤白《ふじしろ》の坂で絞殺された。自白を迫られた皇子は、「真実は天と*赤兄《あかえ》とが知る。私はまったく身に覚えがない」と叫んだという。時に、十九歳であった。

皇子は護送の途中、磐代《いわしろ》の地で松の枝を結び、命が無事なら帰りに見ようといい、家ではお椀で食事をするが、旅であるから椎の葉に盛って食べるの

＊孝徳天皇―大化の改新（六四五）の時の天皇。
＊紀伊―今の和歌山県。
＊中大兄皇子―後の天智天皇。
＊赤兄―蘇我赤兄。皇子をそそのかした。

だという、自ら傷《いた》む*二首の歌を詠んでいる。古代には、紐《ひも》や草木を結ぶと幸せがあると信じられていた。今でも「おむすび」という言葉に残っている。

しかし、皇子の命は無事ではなかったのである。皇子の謀反事件は、中大兄皇子が天皇の地位をめぐり仕組んだ、罠《わな》であったといわれる。それから四十二年を経て、大宝元年（七〇一）に*文武《もんむ》天皇の紀伊行幸があり、憶良たちも従い、皇子の結んだ松の木を見て、皇子の悲劇的な人生を追憶する。題詞に「追ひて和へたる歌」とあり、憶良の歌の前に*長意吉麿《ながのおきまろ》の歌が二首あり、それに応じた歌である。万葉集では、前の歌に答えて詠む歌を「追和」の歌といい、歌の唱和形式が取られていた。柿本人麿《かきのもとのひとまろ》の歌集にも有間皇子の事件を*悲しむ歌があり、悲劇の皇子の運命を人々は伝え慰めていたのである。

万葉集には、悲劇の物語を歌で伝えるという伝統がある。不幸な死者の墓や因縁の地にあって、彼あるいは彼女の悲劇を歌うのである。憶良たちも皇子が不幸な運命に遭遇した悲しみを共有し、皇子の事件を追想する。時を経て皇子の事件も忘れられて行くが、怨みを含んだ皇子の魂を、あの時の松だけは知っているのだと慰める。万葉集の歌の成立する一端に、このような過去の不幸な死者を主人公にして、彼らを追懐する歌の場が存在した。

*二首の歌―磐代の浜松が枝を引き結びま幸くあらばまた帰り見む（万葉・二・一四一）、家にあれば笥に盛る飯を草枕旅にしあれば椎の葉に盛る（同・一四二）

*文武天皇―大宝律令を制定した天皇。

*長意吉麿の歌―磐代の岸の松が枝結びけむ人は帰りてまた見けむかも（万葉・二・一四三）、磐代の野中に立てる結び松心も解けず古思ほゆ（同・一四四）。

*悲しむ歌―後見むと君が結べる磐代の子松がうれをまた見けむかも（同・一四六）。

03

憶良《おくら》らは今は罷《まか》らむ子泣《こな》くらむそその彼《か》の母《はは》も吾《あ》を待つらむそ

【出典】万葉集巻三「山上憶良臣の宴《うたげ》を罷《まか》る歌一首」三三七

わたくし憶良は、もうこの宴会を退席いたしましょう。家では子どもが泣いているでしょうし、その子のお母さんも、わたしを待っているでしょうから。

この歌は、筑前《*ちくぜん》の国守の時代、神亀《じんき》五年（七二八）前後の作である。題詞《だいし》には、「宴を罷る」とあるから、ある宴会が行われた折に、途中で宴会を退出する時に詠んだ歌である。家族を思いやり、宴会を早々と退席する、マイホームパパ憶良の姿である。しかし、酒を楽しみ周囲が賑《にぎ》やかに語らっている時に、このような歌が披露されれば、楽しい宴席は台無しである。はたしてこの歌は、そうした宴会を中座《ちゅうざ》する時に歌われたのだろうか。

＊筑前の国守—今の福岡県の県知事に相当。

憶良がこのような歌を詠んだ時代に、*大宝律令《たいほうりつりょう》が施行されて、新しい家族制度へと移りつつあった。新しい法律は家長*が中心となり、家長は父母・妻子たちと同居し養うという、男が中心となる家の制度として始まったのである。男である憶良が家で泣く子どもと、その母とを詠んでいるのは、この新たな家族制度と関係する。*妻問《つまど》い婚《こん》では、母親が子どもを養い管理していたが、この歌に泣く子を詠むのは、妻や子と一つ家に同居していることを示している。当時の官僚《かんりょう》たちは、このような家族制度になれ始めた頃である。

憶良のこの歌の機転は、ここに発揮《はっき》されたのである。まさに父母・妻子というのは、この時代の家族を構成する、社会的なキーワードであった。この歌が成立した理由もここにあり、憶良は宴席を中座したのではなく、宴会もそろそろおひらきを迎えた頃、この宴の主人である憶良に、宴を終《お》える歌が所望《しょもう》されたのであろう。若い部下たちのいる前で、「家では子が泣いている。その母も私を待っている」と、老齢の憶良がおのろけを交えた退席の歌を詠み、一座は笑いの渦《うず》に包まれた。これにより、楽しい宴会も終わりとなり、若い部下たちも、妻子らの待つ我が家へと足早に帰ったことであろう。

このようなところに、文芸の人・憶良の歌の力量が窺える。

*大宝律令―大宝は年号。七〇一年に施行。律令は刑法と行政法。

*家長―戸令に「およそ戸主にはみな家長を以てせよ」とあり、嫡子のことだとする。

*妻問い婚―夫が妻の家に通い、朝には帰るという結婚形態。

04

愛河《あいが》ノ波浪《はらう》ハ已《すで》ニ滅《き》エ、苦海《くかい》ノ煩悩《ぼんなう》モ亦結《またむす》ボホルコトナシ。従来《じゆうらい》コノ穢土《ゑど》ヲ厭離《えんり》ス。本願《ほんぐわん》ハモチテ生《せい》ヲ彼《か》ノ浄刹《じやうせつ》ニ託《よ》セム。

【出典】万葉集巻五・無題詩

愛欲の河の波はすでに消えて、苦しみの海の煩悩も再び結ばれることはない。以前からこの穢土を早く離れたいと思っていた。本当の願いは浄土に託すことだ。

神亀《じんき》五年（七二八）に*大宰府の帥《そち》として着任した*大伴旅人の妻が、旅の疲れで急逝した。憶良は長官の心を慰めるために、無題の詩文と「日本挽歌《にほんばんか》」を献呈する。この詩は、その時の七言詩である。詩の序文に、「四生《ししやう》の生と死は夢のようで、三界《さんがい》の漂流は、環《たまき》の上をぐるぐると永遠に廻るようだ。それで*維《ゆい》摩《ま》大士は病の憂いを抱き、*釈迦能仁《しやかのうにん》も死の苦しみを逃れられなかった」と述べる。四生は、すべての生命の誕生を意味する。三界は、*色《しき》・欲《よく》・無色《むしき》を指

*大宰府の帥―大宰府は今の福岡県太宰府市。帥は長官。
*大伴旅人―大伴家の当主。家持の父。
*維摩大士―出家しないで、仏の真理を得た人。
*釈迦能仁―お釈迦様。
*色・欲・無色―色は物への

し、人が死ぬと、この三界を漂い流れるという、仏教の教えである。聖人でも死ぬのだから、まして我々も死から逃れるすべはないのだというのである。

そこで憶良は、この世というのは*白と黒の鼠が競い走っているようなもので、*地水火風は日々に変化し、たちまちに生は終えるのだという。だから、美しい妻もこのように早々と世を去り、夫婦で共に老いるという約束も果たせず、たった一人残されて生きることになり、妻と過ごした寝室の屛風《びょうぶ》も無駄なものとなり、妻の愛用した鏡も空しく壁に掛かっているだけだと嘆き、*黄泉《よみ》の門が一たび閉ざされると、会うことはもうないのだと絶句する。

この序に続いて、愛河の詩が詠まれる。愛河も苦海も、人間が愛欲に流され溺《おぼ》れる姿の比喩《ひゆ》である。親や妻子、あるいは恋人へ深い愛情をそそぐ姿である。それで釈迦が、金や銀や玉と共に、「愛する妻子をも捨てよ」といった。それらが、この世の無常を悟るための障害となるからであった。そうした*愛着《あいじゃく》の心を捨て、*穢土から厭離《おんり》して、浄土《じょうど》へと心を寄せることを願うのがこの詩である。愛も憎しみもない、煩悩《ぼんのう》を逃れた世界、それは生死《しょうじ》を越えた楽土であり、妻はそこへと旅立ったのだという。

長官旅人の悲しみの心を慰めるには、十分に配慮された詩文であった。

欲望の世界、欲は欲望の渦巻く世界、無色は精神世界。

*白と黒の鼠―鼠を昼と夜に喩える。

*地水火風―四大ともいう。すべての存在を形成している原理。

*黄泉―死者の行く地下世界。

*愛着―人や物にとらわれる心。仏教では悟りの障害とする。

*穢土―穢れた世界。この世を指す。厭離穢土（おんりえど）はそこを離れること。

05

大君《おほきみ》の　遠《とほ》の朝廷《みかど》と
しらぬひ　筑紫《つくし》の国に
泣く子なす　慕《した》ひ来まして
息《いき》だにも　いまだ休めず
年月も　いまだあらねば
心ゆも　思はぬ間《あひだ》に
うち靡《なび》き　臥《こや》しぬれ
言《い》はむすべ　為《せ》むすべ知らに
石木《いはき》をも　問《と》ひさけ知らず
家ならば　形《かたち》はあらむを
うらめしき　妹《いも》の命《みこと》の
我をばも　如何《いか》にせよとか
鳰鳥《にほどり》の　二人ならびゐ
語《かた》らひし　心背《こころそむ》きて

天皇の治める遠くの朝廷であるということで、
不思議な火の燃える筑紫の国に、
泣く子のように慕ってついて来て、
筑紫に到着して一休みもせず、
年月もまだ経ていないので、
心になにも思うこともないうちに、
妻は倒れ臥してしまった。
言うこともなすことも知らないままに、
石や木に聞いてもせんかたもない。
奈良の家にいたならば、無事であったものを。
うらめしい妻は、
私をどうしろというのか。
仲の良い鳰鳥の夫婦のように、
共に老いようという約束に背いて、

家さかりいます

妻は家を離れて遠くへ行ってしまった。

【出典】万葉集巻五「日本挽歌《にほんばんか》一首」七九四

*大伴旅人《おおとものたびと》の妻が、大宰府に来てまもなく亡《な》くなった時に、憶良が詠んだ*挽歌《ばんか》である。旅人は神亀《じんき》四年（七二七）の末か五年の初めに、大宰府の帥《そち》として着任した。妻子らと同道したが、若い妻は旅の疲れで早々に亡くなったらしい。旅人一行を迎えたのは、大宰府の役人のほかに、二年ほど先に着任していた、筑前《ちくぜん》の国守《こくしゅ》である憶良であった。

この挽歌が旅人に献呈《けんてい》されたのは、*左注《さちゅう》によると神亀五年七月二十一日だとあるから、妻は六月ころに亡くなったのであろう。異国にまで慕ってついてきた妻であるだけに、長官旅人の悲しみは深く、周囲の慰めは言葉にならなかったに違いない。憶良は、そうした長官の悲しみを慰めようと、漢文の序《じょ》を付けた無題の詩と、この「日本挽歌」とを作り献呈したのである。

序文では仏教の無常観が述べられており、いかなる聖人・賢者も死を逃れられないことを以て、死の無常性を説き、また、夫婦の姿と妻が死を迎えた

*大伴旅人―三位中納言。大伴家の当主。

*挽歌―ここでは死者哀悼の歌。柩を引きながら歌う、悲しみの歌の意味が本義。

*左注―歌の最後に記された注。歌の成立事情が記されている。

時の男の悲しみを述べる。

漢詩では、妻が浄土《じょうど》へと去り、苦海の煩悩も消滅したことを述べているが、この歌では、夫婦の愛の姿と、残された夫の悲しみを述べている。一方は*愛着《あいじやく》を去った妻の姿であり、一方は愛着の中に嘆く夫の姿である。この二つを一対としたのは、人の死という問題をめぐる、憶良なりの死生観によるものである。それは仏の理と人の情の問題である。

しかも、この歌は「日本挽歌」だという。いかにも、大げさな題名である。挽歌は死者哀悼《あいとう》の歌であるが、それに「日本」と題したのは、特別な意味がある。一つには、「挽歌」というのは中国の漢詩に見られ、死者の棺《ひつぎ》を造る時に木を鋸《のこぎり》で挽きながら悲しみの歌をうたうことから、挽歌と呼ばれたのであるが、それを前提として日本の挽歌を詠むという意味がある。もう一つは、先の仏教的内容の漢詩に対して、仏教思想の説く愛河や苦海を理解しながらも、人間としての深い情愛（愛着）を歌によって表現しようとしたことである。その情愛こそが、日本人の風土に根ざした悲しみの心という意味であったのであり、死者への深い愛着の心であった。

そうした思いは憶良の無題詩の序文に、

*愛着―人や物にとらわれる心。仏教では悟りの障害とする。

赤ら顔の美しい妻は、女性の美徳とともに永久に去り、かつて一緒に年を取ろうと約束したことに背き、いま私は妻のいない人生を、孤独に生きることとなった。妻の寝室の屏風は空しく張られていて、それを見ると断腸の思いが増し、枕元の磨かれた鏡は空しく台に懸かっていて、それを見るにつけて血の涙が流れる。しかも、黄泉の門がひとたび閉ざされると、もう二度と会うことはできないのだ。

という深い嘆きが描かれるのである。

ひたぶるな亡き妻への思いは、中国の士大夫のすべきことではない。しかし、憶良はこの妻の死に対して「士」としての体面《たいめん》も面目も棄てたのである。愛する者との人生上の出逢いである一期一会、そこに訪れる別れの深い慟哭、それほどの深い悲しみや嘆きこそが、日本人の悲しみの姿だというのである。民間の習俗には、死者を前に大声をあげて泣く儀礼もあった。「哭」という儀礼である。死者を前に泣くことが人の情だというのである。それはまさに「愛着」の姿である。それをもって憶良はこの作品を「日本挽歌」だと呼んだのである。

06

家《いへ》に行きて如何《いか》にか吾《あ》がせむ枕《まくら》づく妻屋《つまや》さぶしく思《おも》ほゆべしも

【出典】万葉集巻五「日本挽歌《にほんばんか》一首」七九五

妻を葬ったいま、これから家に帰り、私はどうしたら良いのか。きっと、妻と過ごした寝室が、辛く寂しいものに思われよう。

大伴旅人《おおとものたびと》の妻の死に際して献呈した、「*日本挽歌《にほんばんか》」の*反歌《はんか》一首目である。旅人は、神亀《じんき》五年（七二八）の春頃に大宰府の帥《そち》（長官）として筑前に赴任《ふにん》した。ところが、妻が旅の疲れで、着任間もなく急逝《きゅうせい》する。長歌には、この妻は泣く子のように夫を慕い、遠い大宰府までやって来て、まだ休む間もない内に倒れ臥し、亡《な》くなったと歌われている。奈良から九州大宰府までは、およそ三百キロであるから、女性には辛く困難な旅であったのだろう。

*日本挽歌―挽歌は死を悲しむ歌の意。日本を付けたのは、漢詩と対にする意図から。

*反歌―長歌の後に付く、主に短歌形式の歌。まとめの歌。

大宰府は遠の朝廷《みかど》とも呼ばれ、もう一つの朝廷《ちょうてい》ではあったが、奈良の平城京から見れば遠い鄙《ひな》の地でしかない。還暦《かんれき》も過ぎた旅人にも、負担の大きい任務であった。それよりも、妻の負担が大きかった。妻の死は着任早々の出来事であり、従者たちも驚くばかりで、なすすべもなかったに違いない。この悲しみを旅人自らも、「世の中は空しい」と一首の歌*に詠んでいる。

憶良の勤める筑前《ちくぜん》の国府《こくふ》は、大宰府に置かれていたから、この事件は憶良にとっては他人事ではなかった。おそらく、葬儀の諸事万端《しょじばんたん》を憶良が取り仕切ったものと思われる。都では三位中納言《さんみちゅうなごん》という高級官僚である旅人は、従《じゅ》*五位下《ごいげ》の憶良とは雲泥《うんでい》の身分差であるから、奈良の朝廷では、遠くにあってかしずく雲上《うんじょう》の人であった。それがこの事件を通して、旅人の悲しみの深さに思いを致し、慰めの言葉をかけることとなり、後に二人は歌を贈答する友人となる。この歌は、妻の埋葬《まいそう》もすみ、墓での最後の別れに、旅人の心を察して詠んだものである。これから家に帰ると、妻のいない家の悲しみが思われるだろうこと、妻と過ごした寝室が寂しく思われるだろうことを詠むこの歌には、過去に経験した者の実感が感じられる。それは旅人への同情であるとともに、憶良が愛した妻*への思いでもあったように思われる。

*歌―世の中は空しきものと知る時しいよよますます悲しかりけり（万葉・五・七九三）。

*従五位下―貴族としての最下位。

*妻―憶良の妻の事情は、分からない。

07

愛《は》しきよしかくのみからに慕《した》ひ来《こ》し妹《いも》が情《こころ》の術《すべ》もすべなさ

【出典】万葉集巻五「日本挽歌《にほんばんか》一首」七九六

ああ、何ともいとおしいことよ。このようにして、遠い鄙にまで慕ってついて来た、あの妻の心のことを思うと、どうしようもないことだ。

「日本挽歌」の反歌の二首目。長歌には「大君の*　遠の朝廷《みかど》と　しらぬひ筑紫国《つくしのくに》に　泣く子なす　慕ひ来まして」と詠まれている。大宰府は奈良の朝廷にたいして、遠の朝廷と呼ばれたように、そこは不知火《*しらぬい》が灯《とも》る筑紫の国である。旅人の大宰府任官《にんかん》が決まり、妻に告げたところ、妻はとても憂慮したのである。もうすでに老齢となった夫には、とても困難な任務と思われたからである。しかも、大伴氏の氏上《*うじのかみ》でもある旅人が、いま都に不在となるの

＊大君の―万葉・五・七九四。

＊不知火―海に浮かぶ不思議な火。

＊氏上―氏族の統率者。

は、なんとも心許《こころもと》ない。いずれ大伴家の氏上となる子どもの*家持《やかもち》も、まだ幼い少年である。妻の口からは、遠い鄙《ひな》の筑紫はどんなところか、どのように生活をするのか、どんな味付けの食事をするのか、だれが身の回りの世話をしてくれるのか、次々と心配事が並べ立てられる。挙《あ》げ句《く》には、自分も同行して夫の面倒も、子どもの面倒も見るというのである。

「*愛しきよし」というのは、ハシキという形容詞に、感動を表すヨシがついた言葉であるが、「愛しきよし」のみで大きな喜びや悲しみを表す感動詞として用いられる。そこには生前の妻による心配りや、一緒に大宰府へまでも同行して、妻の役割を果たすという、深い心遣いへのいとおしみがある。

そのような妻の説得を聞き入れて、旅人は一族郎党《いちぞくろうとう》を率い大宰府へと向かったのである。おそらく、旅人夫婦は旅の辛《つら》さよりも、瀬戸内《せとうち》の名所・旧跡《きゅうせき》や、景勝地《けいしょうち》の風景を楽しんだのであろう。旅人は帰京の道で、妻と見た*鞆《とも》の浦の*むろの木は永遠だが、その妻はもういないのだという、深い*悲しみの歌を詠んでいる。夫を思いやる妻の心を思うと、妻は死にきれなかったのではないか。そのことを思うと、なすすべも無いのだと嘆く。万葉の歌はこのように人の死を通して、深い抒情性《じょじょうせい》を手に入れてゆくのである。

*家持―第四期の歌人。万葉集を編纂。

*愛しきよし―古くは、「愛しきやし」「愛しけやし」と使われた。

*鞆の浦―広島県福山にある名所。

*むろの木―ネズの木で、大木になる。

*悲しみの歌―吾妹子が見し鞆の浦のむろの木は常世にあれど見し人ぞなき(万葉・三・四四六)。

08

悔《くや》しかもかく知らませばあをによし国内《くぬち》ことごと見せましものを

【出典】万葉集巻五「日本挽歌《にほんばんか》一首」七九七

ああ、後悔するばかりだ。このようになることを早くに知っていたなら、国中の美しい所を、すべて見せてあげたかったものだ。

「日本挽歌」の反歌の三首目。万葉集には旅の歌が多く残されているが、ほとんどは男たちの歌であり、それらの多くは任地への往復にかかわる旅の苦しさと、家に残してきた妻を思う歌である。枕詞に「草枕《くさまくら》」というのがあり、これが旅に掛かるのは、草を枕に野宿をしたからである。妻は家にあって旅立った夫や子どもの無事を祈り、神を祀っていた。ただし、ある程度の身分の者は、家族を任地に同行することが許されていた。大伴旅人は、帥《そち》であったので、妻や息子の家持《やかもち》などを率いて大宰府へと向かったのである。

その旅人が任地へと向かう途次《とじ》に、広島県の鞆《とも》の浦のむろ*の木や、敏馬《みぬめ》の崎を一緒に見たという。帰路では、鞆の浦の磯のむろの木を見ると、一緒に見た妻のことが忘れられないといい、また、妻と来た敏馬の崎を帰りに独りで見ると、涙にむせぶのだという、悲しみの歌*を詠んでいる。

任を終えて帰京する時に、同じ場所に立ち寄ったのである。鞆の浦は今でも風光明媚《めいび》な名所であり、磯辺に大きなむろの大木があったのであろう。そこを過ぎると敏馬の崎であり、いずれも瀬戸内海の名勝の地である。

妻は大宰府へ行くことが決まってからは、この旅で経過する名所を、いろいろ聞かされていたのであろう。旅に出る者は、各地の観光名所を歌で理解する。旅の歌は観光案内書でもあった。だから、その場に至るごとに、感動の声を上げていたのである。そんなふうに無邪気《むじゃき》に喜んでいた妻の顔が、いま目の前に浮かぶ。それにつけて、どうしてもっと早く、日本国中の名所・旧跡を旅して見せてあげなかったのかと悔やまれるという。

後に残された者の、悔しい思いがとても良く表現されている歌である。

*むろの木―ヒノキ科のネズの木。

*歌―鞆の浦の磯のむろの木見むごとに相見し妹は忘らえぬかも（万葉・三・四四七）、妹と来し敏馬の崎を帰るさに独りし見れば涙ぐましも（同・三・四四八）。

09

妹《いも》が見し棟《あふち》の花は散《ち》りぬべしわが泣く涙《なみだ》いまだ干《ひ》なくに

【出典】万葉集巻五「日本挽歌《にほんばんか》一首」七九八

妻が好んで見ていた棟の花は、いままさに散っていることだろう。
妻を思うわたしの涙が、まだ乾くひまもないのに。

「日本挽歌」の反歌の四首目である。*妹《いも》の見たという棟《おうち》の花は、奈良の都でのことである。その花の咲く頃に、妻は大宰府で亡《な》くなった。棟はセンダンの木で、十メートルを越える大木となり、本州・九州に広く分布する。五月頃に薄紫の小さな花をつけ、木全体を彩る。そうした質素な花が万葉びとの好みであり、棟はそれを代表する。花の後の実は薬用になる。万葉の花は、食用や薬用であるものが多く、あの美しいスミレも春の若菜として食用

＊妹―女性の恋人を指す。ここでは妻を指している。

にされた。それが赤人などの歌人により、観賞*へと向かったのである。

おそらく、奈良の都の旅人邸には、楝の木が植えられていたのであろう。

奈良時代になると、野山の草木を庭に植えるという習慣が生まれた。「珠*《たま》に貫《ぬ》く楝を家に植ゑたらば山公鳥《やまほととぎす》離れず来《こ》むかも」という歌は、後の時代に、旅人の子どもの書持《ふみもち》が、越中《えっちゅう》の国守《こくしゅ》となって赴任《ふにん》した、兄の家持《やかもち》に贈った歌である。古代には菖蒲《あやめ》の実や楝の実を珠に貫き、薬玉《くすだま》として邪気《じゃき》を払う風習があった。そのために楝を庭に植えるのだが、そこに山のホトトギス*が来て、美しい声で鳴くだろうという。

楝は薬を取る木から、風流に鳴くホトトギスを呼び寄せる木へと変わる。この時代に都人の間では、梅に鳴くウグイスや、橘《たちばな》に来て鳴くホトトギスを好む風潮が現れた。妹が見たという楝の木にも、ホトトギスが来て鳴いていたのであろう。それは旅人邸における、妻の楽しみの一つであったに違いない。その楝の花が、故郷の家の庭にいま、はらはらと散っていることを想像する。「散りぬべし」は、散っているのを必然として、推測する言葉である。妻のいない日々を泣き暮らし、いまだ涙が乾くこともないのに、妻の愛した花もまた、早々に散って行くというのである。

＊観賞―春の野にすみれ摘みにと来しわれそ野を懐かしみ一夜寝にける（万葉・八・一四二四）。
＊珠に貫く楝―万葉・十七・三九一〇。
＊ホトトギス―初夏に鳴く鳥。テッペンカケタカと鳴くのと、カッコウと鳴くのと、万葉集に二種類のホトトギスが見える。

10

大野山《おほのやま》霧立ち渡るわが嘆《なげ》く息嘯《おきそ》の風に霧立ちわたる

【出典】万葉集巻五「日本挽歌《にほんばんか》一首」七九九

大野山に、霧が立ち昇っている。わたしの嘆く、深いため息の風に。
わたしの嘆きのため息のために、霧が立ち昇っている。

「日本挽歌」の反歌の五首目である。大宰府の裏手に大野山《おおのやま》があり、そこは当時の大野城*の跡である。日ごろ、気候の変化は大野山の様子を見て判断していたのであろう。山に雲がかかると雨とか、霧がかかると晴れとか、その日の天候の判断が行われていた。しかし、今日、大野山にかかる霧は、それとは違う。大野山に霧が立ち渡るのは、私が悲しみのために嘆く、ため息の風が霧となり、山に立ちのぼるのだというのである。

*大野城―九州防備に設けられた砦。

息嘯《おきそ》というのは、口笛を吹くように息を口から吹き出して楽器のように音を出す方法であり、中国の詩人の阮籍《げんせき》*がこれを良くしたことが伝えられている。しかし、ここでの息嘯は、悲しみのための嘆きのため息である。万葉びとは、息を魂や命と等しいものと感じていた。「息の緒《を》」という言葉は、息が玉の緒と同じように、糸に連なっているものと考えたことによる。生命は、息が糸に連なっていることで、生き続けるのだという考えである。息が生命そのものであったから、嘆きの息は霧となり立つのだというのである。

外国へ遣わされた使人の妻が詠んだ歌*にも、あなたが行く海辺の宿に霧が立ったら、私が吐《は》くため息だと思ってくださいという、嘆きの歌がある。旅へと出て行く夫に対して、あなたが泊まった宿に霧が立ったなら、それはあなたと別れた悲しみの嘆きの霧だと知って欲しい、と訴えるのである。

妻を失った嘆きの息は、大野山に霧となり立ち上るのだという。それはもちろん誇張だが、その誇張が実感として感じられる歌である。歌というのは、実感に基づくものであるが、その実感はこのように誇張されることで、それを聞く人に真実の感動を与えるのである。

＊阮籍―魏の時代の詩人。竹林七賢の一人。

＊歌―君が行く海辺の宿に霧立たば吾が立ち嘆く息と知りませ（万葉・十五・三五八〇）。

11

父《ちち》母《はは》を　見れば尊《たふと》し
妻《め》子《こ》見れば　めぐし愛《うつく》し
世の中は　かくぞ道理《ことわり》
黐《もち》鳥《どり》の　かからはしもよ
行《ゆく》方《へ》知らねば
穿《うけ》沓《ぐつ》を　脱《ぬ》き棄《つ》る如《ごと》く
踏《ふ》み脱《ぬ》きて　行《ゆ》くちふ人は
石《いは》木《き》より　生《な》り出し人か
汝《な》が名告《の》らさね
天《あめ》へ行かば　汝がまにまに
地《つち》ならば　大《おほ》君《きみ》います
この照らす　日《ひ》月《つき》の下《した》は
天雲《あまぐも》の　向《むか》伏《ふ》す極《きは》み
谷《たに》蟆《ぐく》の　さ渡る極み

父母を見ると尊く思われ、
妻子を見るとなんとも可愛い。
そう思うのがこの世の道理であろう。
家族とは、鳥が鳥黐に引っ掛かったようなもので、
どこへも行きようがないのだ。
なのに穴の開いた靴を踏み捨てるように、
家族を捨てて出て行くという人は、
石や木から生まれたのか。
お前の名前を言いなさい。
天へ行くなら、お前の好きにするのも良い。
この世界に留まるならば、大君がいらっしゃる。
この太陽や月が照らす下は、
空の雲が覆う果てまで、
蛙が渡り行く極みまで、

聞《きこ》し食《め》す　国のまほらぞ
かにかくに　欲《ほ》しきまにまに
然《しか》にはあらじか

大君の支配する国のすぐれた処である。
とにもかくにも勝手するのも良いが、
このようには思わないか。

【出典】万葉集巻五「惑《まと》へる情《こころ》を反《かへ》さしむるの歌一首并《あは》せて序」八〇〇

この長歌には漢文で書かれた序文がある。それによると、ある男がいて、父母を尊敬しながらも養うことなく、妻子を脱ぎ捨てた沓《くつ》のように扱ったという。みずからは倍俗《*ばいぞく》先生と名のり、道を得るための貴い修行をしているというのだ。倍俗とは、世に背《そむ》くという意味であるから、世を棄てた人という意味であるが、彼を先生と呼ぶのは、多少の皮肉がある。そこで憶良は、この男に人間の生きることの意味、いわば人としての道理を、「三綱《さんこう》」（君臣・父子・夫婦の関係）と「五教《ごきょう》」（父・母・兄・弟・子のあり方）をもって教えるのだという。これは儒教《*じゅきょう》における基本の道徳であり、律令の精神でもある。それが冒頭にいう、父母を尊敬し妻子をいとしく思うことであり、また天皇の治める国でまっとうに生業《なりわい》に励むことである。

＊倍俗先生―世間に背を向けた先生。先生には自嘲の意味がある。

＊儒教―中国春秋時代の思想家である孔子を祖とする教学。

このかぎりでは、憶良は儒教主義の立場である。だが、ここの倍俗先生というのは、単に家を捨てた男ではない。この世には貧窮や病などに苦しむ、多くの人々がいる。そうした人を救済するために、家を捨てて修行をする聖人が出現したのがこの時代である。そのような人は、「修行得道の聖《ひじり》」といわれ、仏教的な悟りを得るための修行者なのである。家や家族を大切にする儒教的立場からすれば、家族を捨てるという人は、石や木から生まれた、血も涙もない人間となる。一方、苦しみにあえぐ人たちを救済するには、個人の欲望は捨てて、広い心をもたなければならない。それもまた道理であり、それはお釈迦様の教えでもある。この時代には、こうした難問が現れた。

ここに憶良は、二つの対立する理想と向き合うこととなる。一つは家族のことを教える儒教的な道理であり、一つは慈悲《じひ》の心を教える仏教的な道理である。これは日本人が初めて経験する、哲学的な難問であり、この二つの道理の対立を持ち出しているのが、この歌の主旨とするところである。

このような道理の対立は、古代日本に新しい仏教思想が入ってきた結果であった。古代日本の最初の仏教は国家仏教*といわれ、国に災難が生じた時に、仏教の威力で退散させるためのものであった。聖徳太子が力を入れたの

*国家仏教—鎮護国家の仏教ともいわれ、疫病の流行や飢饉の折に、お寺で仏典を読んで国の危難を救った。

も、こうした国家仏教である。しかし、憶良の時代には、先進国の中国では儒教と仏教の対立があり、いずれが正しい教えであるのか、人々の大きな関心事となった。さらには行基《ぎょうき》*のようなお坊さんが現れて、国の弾圧を受けながらも、人間の苦しみに目を向けて、他人を父母のように慈《いつく》しみ、苦しむ人々を救済するという、新しい出家者が登場したのである。

　その修行のために家族を捨てる者が急増し、大きな社会問題となった。救済を求める逃亡《とうぼう》農民たちは私度《しど》*となり、にわか出家者が急増し、国は何度も弾圧《だんあつ》を加えた。そうした時代の中で、憶良は彼らの行動を「惑い」と批判し、儒教の道理によって生業に励むことを教える。父母を養わず、妻子を捨てるという行為は、孔子《こうし》*の教えにまったく反するのみではなく、新しい理想として出発した家族制度*を破壊する問題でもあったからである。ここには家や家族の絆《きずな》、そして生業こそが、もっとも安心のできる人間の頼りとすべきものなのだと考える、憶良の信念が窺える。「孝」とは何よりも父母に孝養を尽すことにある。だから、この地上はそのことを大切にする天皇の治める国なのだから、ここにいる限りは、生業に励むべきだと諭《さと》すところには、憶良の現実的な側面をのぞかせている。

*行基―奈良時代に活躍する僧。渡来系。国の弾圧を受けたが、庶民救済に尽力し、後に東大寺の建立に尽くす。

*私度―許可を得ずに勝手に出家すること。自度ともいう。

*孔子―儒教の創始者。

*家族制度―七〇一年に施行された律令に、新たな家族制度の法が見える。

12

瓜食《うりは》めば　子ども思ほゆ
栗《くり》食めば　まして思《しぬ》はゆ
何処《いづく》より　来《きた》りしものそ
眼交《まなかひ》に　もとな懸《かか》りて
安眠《やすい》し寝《な》さぬ

瓜を食べると、子どものことが自然と思われて来る。
栗を食べると、まして可愛く思われる。
どのような因縁で、わたしの許に来たのか。
目の前に思い浮かんで、
夜も安眠できないほどだ。

【出典】万葉集巻五「子らを思《しの》へる歌一首并《あは》せて序」八〇二

子への愛がみごとに表現されている、万葉名歌の一首である。ただ、こうした子への愛を、男親の憶良が詠んでいることに注意すべきである。*律令《りつりょう》の時代になっても、通《かよ》い婚が続いていて、子を養育するのは母親の役割であり、男親は子どもとの接点が薄いから、このように憶良が子を愛する歌を詠むのは、時代の変化にともなう特別な考えがある。

この作品には序文があり、それによると、「お釈迦《しゃか》様が*衆生《しゅじょう》を思う心は、

*律令―七〇一年に大宝律令が施行された。律は刑法、令は行政法を指す。

*衆生―この世に生きる人間。

我が子の羅睺羅《らごら》と同じだ」といったこと、また「愛の中でも、子を愛する以上のものはない」といったことを取り上げて、こんなに尊いお釈迦様ですらも、子どもというものを愛する心があったのだと感動し、だから世間の人で子を愛さない人などあろうかと力説している。

お釈迦様というのは、世間の人の知恵をはるかに越えた仏であるから、子を愛するというような、小さな考えは無いのだと考えたのである。そのお釈迦様にも、子を愛する心があったのだというのは、驚くべきことであり、それであるから、衆生なら子を愛するのは当然なのだという論理である。

そうした子への思いというのは、瓜や栗を食べると自然に思われるのだという。瓜も栗も、当時の庶民《しょみん》が辛《かろ》うじて得られる甘い果物で、子どもの大好物であったのだ。その可愛い子どもというのは、「いったい何処から来たのか」と問いかける。ただこの問いかけは、少しばかり不自然である。なぜなら、子どもは父母から生まれたものであり、どこかから拾われて来たわけではない。だから父母は生まれた子を我が子として、いとしく思うのである。

ところが、江戸時代の契沖《けいちゅう》という万葉学者が、「この子は、どのような因《いん》縁《ねん》で、わが前に生まれ出たのか」という意味だとした。もし、そうであれ

＊羅睺羅―お釈迦様の子ども。後に釈迦十大弟子の一人となる。

＊契沖―国学者。『万葉代匠記』などの著書がある。

ば、子どもというのは、生まれる前の、前世の因縁によって、この世で我が子となったという意味になる。そこには親子という関係が、前世の因縁という、途方《とほう》もない運命で繋がっていることとなる。もちろん、これは仏教の「＊輪廻《りんね》」という思想ではあるが、たしかに、このように考えると、親子という関係の不思議さに気が付いた、憶良の驚きも納得できる。

　ところが、ここにさらなる問題がある。お釈迦さまが子の羅睺羅を愛したこと、愛の中で子に過ぎるものはないと言ったこと、そのことから憶良は、世間の人で子を愛さない者などいないのだと説いたことである。たしかに仏＊典には、「あまねく衆生を見るに、愛に片よりはなく、羅睺羅を思うようだ」とか、「等しく衆生を見るのは、子どもの羅睺羅を見るようなものだ」のように説かれている。これを読むかぎり、お釈迦様も当然のように、子どもの羅睺羅を愛したということが知られる。

　しかし、お釈迦様がこのように説いているのは、愛する子どものように、広く衆生を思うという意味であり、けっして子どもを愛せよと説いているのではない。むしろお釈迦様は、高価な宝物や、愛する子というのは、大切であるがゆえに迷＊いの根源となるものであるから、これを捨てよと説き、愛す

＊輪廻―人が死ぬと、また何かに生まれ変わるという仏教の思想。

＊仏典―仏教の経典。

＊迷いの根源―仏教では、愛着・愛執などという。

べき子の羅睺羅も、父母や妻も王城も捨てたのである。すくなくとも仏典によれば、釈迦が子の羅睺羅を捨てたのは、自らの意志であった。その理由というのは、子を愛する心が、悟りのもっとも大きな障害となるからである。羅睺羅という名は、障害という意味だという。

だから、憶良の説く釈迦による子への愛というのは、仏典を誤解したものとされる。しかし、これは実は誤解ではなく、強弁《きようべん》なのである。釈迦ですら子を愛したという主張は、儒教の教えを説いた孔子の考えと同じなのだ、ということを説きたいのである。そこには家族という関係を最優先する、憶良の立場があり、お釈迦様を味方にしてまでも子への愛をうたったのだ。

男親である憶良が、このように子への讃歌を歌うのは、新しい律令の時代に家族や親子の関係の主体、あるいは子を養育する主体が、母親から家長へと移ったことによる。そこには男親の責任が社会化された状況がある。そこから考えると、この作品は、新しい律令時代の到来により、家長が「子とは何か」を理解するための、いわば教科書としての役割を果たした歌であったといえる。そこに、男親による男親のための「子への愛」の、教科書的な歌が生まれたのである。

銀《しろがね》も金《くがね》も玉《たま》も何《なに》せむに勝《まさ》れる宝《たから》子に及《し》かめやも

【出典】万葉集巻五「子らを思《しの》へる歌一首并《あは》せて序」八〇三

銀も金も玉も、そんな宝は何の足しになろうか。この世の中で勝る宝といえば、子どもに及ぶものがあるだろうか。

子らを思う歌の反歌。金や銀あるいは珠玉は、人の欲しがる高価な宝物である。憶良は古日という子が死んだ時にも、世間の人の欲しがる「七種《ななくさ》の宝」よりも、白玉のような我が子が可愛いと歌う。七種の宝とは、仏教が説く金・銀・瑠璃《るり》・瑪瑙《めのう》などの七種類の宝玉を指す。これらは世間の誰もが欲しがる宝であり、それに愛着を覚えることから、人を迷わせるものとされた。それゆえに、お釈迦様は正しい生き方の迷

＊七種の宝―万葉集巻五・九〇四の歌に見える。

いとなる宝物を、すべて捨てなさいと教えたのである。

その限りでは、憶良は仏教の教えに忠実である。七種の宝物などよりも、可愛い子どもの方がよほど宝物だという。こうした憶良の子への愛により、憶良は社会派の歌人、家族思いの歌人として有名になった。しかも、子への愛という感情は、お釈迦様も同様だと説いて、それが金・銀・玉といった宝以上だというところに、憶良らしい子への愛の態度を見る。

だが、子への愛は七種の宝以上に、人を愛着や迷い*の中に陥れるということでもある。むしろ、序文でお釈迦様が、「子に過ぎる愛はない」といったほんとうの理由は、それが子への謳歌《おうか》としてではなく、七種の宝以上に、子が愛着や迷いの最大のものであったからだ。しかも、お釈迦様は七種の宝とともに、「愛する妻子をも捨てよ」と説いているのである。人々が迷いとするものの中で、子への愛以上のものはないからである。

ここに憶良は、お釈迦様の教えを裏返してまで、子への愛を説いたということになる。そこには、迷いや障害としての子への愛をあえて選択する、人間憶良が存在することを見るべきではないか。人への愛をもって憶良はすぐれた歌人たり得たのである。

＊愛着や迷い―仏教では、悟りを開く最大の障害は、愛欲であるとする。

14

世間《よのなか》の　術《すべ》なきものは
年月《としつき》は　流るる如《ごと》し
取り続き　追ひ来るものは
百種《ももくさ》に　迫《せ》め寄り来《きた》る
少女《をとめ》らが　少女さびすと
唐玉《からたま》を　手本《たもと》に纏《ま》かし
〔或《ある》いはこの句、白栲《しろたへ》の　袖ふりかはし　紅《くれなゐ》の　赤裳《あかも》裾《すそ》引きといへるあり〕
同輩児《よちこ》らと　手携《たづさは》りて
遊びけむ　時の盛りを
留《とど》みかね　過《すぐ》し遣《や》りつれ
蜷《みな》の腸《わた》　か黒き髪に
何時の間か　霜の降りけむ
紅の〔一は云はく、丹《に》の穂《ほ》なす〕面《おもて》の上に

この世の中でどうにもならないものといえば、
年月がたちまちに過ぎ去って行くことであり、
後ろから取りついて追いかけて来るものは、
多くの苦しみが次々とやって来ることである。
たとえば、少女らは女の子らしくと、
舶来の玉を手元に巻き〔あるいはこの句は、白色の袖を振り交わし、紅色のスカートの裾を引き、という伝えもある〕、
同じ年の女の子たちと手を取り合い、
遊んだであろう楽しい年の盛りを
留めることは出来ず、過ごし遣ってしまった。
蜷の腸のような真黒な髪には、
何時の間に霜が降りたのだろう、
紅の〔別の伝えに、赤い稲穂のような〕顔の上に、

何処《いづく》ゆか　皺《しわ》が来《きた》りし
〔一《ある》は云《い》はく、常なりし　笑《ゑ》まひ眉引《まよび》き　咲く
花の　移《うつ》ろひにけり　世間《よのなか》は　かくのみならし〕
大夫《ますらを》の　男子《をとこ》さびすと
剣太刀《つるぎたち》　腰に取り佩《は》き
猟弓《さつゆみ》を　手握《たにぎ》り持ちて
赤駒《あかごま》に　倭文《しつ》鞍《くら》うち置き
はひ乗りて　遊びあるきし
世間《よのなか》や　常にありける
少女らが　さ寝《な》す板戸を
押し開き　い辿《たど》りよりて
真玉手《またまで》の　玉手さし交《か》へ
さ寝《ね》し夜の　幾許《いくだ》もあらねば

どこから皺がやって来たのだろう〔別の伝えに、あの時の笑顔や、きれいな眉引きは、咲いた花が移ろったようだ。世の中とはこうであるのだ、とある〕。
一方、青年たちは立派な男の子らしくと、
剣を腰に取り佩き、
弓矢を手に握り持ち、
赤駒に立派な倭文鞍を置いて
這い乗り、遊び歩いた
世の中は常にあったろうか。
少女らが寝ている部屋の戸を
押し開き、そばに寄り添って
綺麗な手と手を交えて、
共寝した夜はいくらもなかったのに、

手束杖《たづかづゑ》　腰にたがねて
か行けば　人に厭《いと》はえ
かく行けば　人に憎《にく》まえ
老男《およしを》は　かくのみならし
たまきはる　命《いのち》惜しけど
せむ術《すべ》も無し

手には杖を持ち片手は腰にたがねて、
あちらに出かけて行くと人から嫌われ、
こちらに出かけて行くと人から憎まれ、
老人というのはこのようであるらしい。
大切に思う命は惜しいけれど、
どうしようもない。

【出典】万葉集巻五「世間《よのなか》の住《とど》まり難《かた》きを哀《かな》しびたる歌一首并《あは》せて序」八〇四

題詞《だいし》には、この世間に命をいつまでも留めることが難しいことを嘆く歌だとある。その嘆きは、*起《き》・承《しょう》・転《てん》・結《けつ》という論理的構成で描かれている。

第一の起は、一般的な世の中の原理についてであり、年月が流れるように過ぎ去り、苦しいことが次々と襲ってくること。

第二の承は、女性の姿についてであり、若い女の子が友達と楽しく遊んだ時は過ぎ去って、いつのまにか黒髪が白髪に変わり、赤ら顔には皺《しわ》が降りて

*起・承・転・結―詩を詠むときの、表現の順序。文章作法としても用いられる。

くること。

第三の転は、男性の姿についてであり、若い男の子が弓を手にし、腰には立派な大刀をさして馬に乗って遊びあるき、女の子と手を交わして寝た夜もすぐに去り、気がつくと杖をついて腰に手をあてがって歩く始末で、あちらに行くと若い者から邪険《じやけん》にされ、こちらに行くとまた嫌われること。

第四の結は、これらのことから得られる結果であり、老人というのはこのようなもので、命は惜しいがどうしようもないのだということである。

和歌の世界では、老人の嘆きや老醜《ろうしゆう》が、こんなにもリアルに詠まれることはない。そのことからも、これは特殊な作品であるといえる。少なくとも、老人*というのは、長生きして褒《ほ》められるというのが普通であり、老人がこんなにも不幸であるという話題は、なんらかの意図、あるいは自覚がなければ生まれてはこない。

敬老の日に自殺する老人が多いという、近代の病と等しいほどに、憶良の作品は近代的な老人問題を描いているのである。

憶良はこのとき六十九歳であったことから、一般に説かれるように、老人としての嘆きを訴えているというのは理解できる。しかし、それをなぜ女性

*老人—古代では、翁と呼ばれる神、あるいは、長生きしためでたい老人として登場する。

の老いて行く姿までをもリアルに取り上げる必要があったのだろうか。こうした疑問を考えると、この作品が単に作者憶良が老人であったからという説明では解決できないことを知ろう。

ここには憶良が自らをも含めた、人間一般の老《おい》の姿を描くことに目的があったからではないか。まもなく古稀《こき》を迎える憶良は、いま「老いとは何か」を、根源的に考えているのである。

そうした「老い」というテーマは、じつは仏教の問題であった。仏教の思想では、人間の避けられない苦しみとして、生《しょう》・老《ろう》・病《びょう》・死《し》の四つがあるといい、これを「四苦《しく》」と呼んでいる。これに四つを加えたのが*八苦《はっく》である。その四苦のなかの老苦が、いま憶良の取り上げた世間難住の歌なのである。人は生きていく上で貧窮《ひんきゅう》などに苦しみ、病などに苦しみ、老いて苦しみ、そして死の苦しみが待つ。そうした四苦の中の「老い」という姿を追究したのがこの作品である。

それは深く仏教の理解を通して得た、人間の苦の姿である。それゆえ、仏教では肉体に愛着《あいじゃく》を覚えないように、生きている人間の肉体が穢《けが》れでしかないことを説き、死体の腐乱する姿を説き、肉体に愛着するなという。*九想《くそう》

＊八苦―四苦の他に、愛別離・怨憎会・求不得・五陰盛の苦がある。

＊九想観―幼少から老人までの変化、新死から骨までの変化を想像して、肉体への執着を断つ方法。

観《かん》という観想法《かんそうほう》は、そうした仏教の教えである。

特に老や病の観想（観相）を説く敦煌詩には、次のように見える。

老苦相

年は移り身はやつれついに晩年を迎えることとなり、
骨は痩せ細り筋も枯れて皮肉は疎らである。
昔の紅顔には幾筋もの皺が垂れていて、
十歩も行けばひどい息切れがする始末なのだ。

病苦相

手足が動かないほどの重い病に罹り、
日夜弱り疲れて苦しみが襲ってくる。
美味は目前にあるが目にも口にも入らず、
業が集まった結果なのでなす術もないのだ。

憶良はそのような教えを理解しつつも、しかし、肉体の滅びを悲しみ嘆くのである。それは人間としての生《せい》を、かぎりなくいとおしむからであり、そこには、肉体を通して人間の存在を深く見つめる憶良が存在した。

15

常磐《ときは》なすかくしもがもと思へども世《よ》の事《こと》なれば留《とど》みかねつも

【出典】万葉集巻五「世間《よのなか》の住《とど》まり難《かた》きを哀《かな》しびたる歌一首并《あは》せて序」八〇五

永遠の岩石のような命であって欲しいと願うが、人は年老いて行くというのが世の定め。それゆえ、この世にいつまでも生きながらえることなど出来ないのだ。

世間に住り難いという歌の反歌である。常磐とは、常に変わることのない巌《いわお》のことであり、そのような、永遠の命が欲しいという。

古く日本人は、石に対する強い信仰をもっていた。古事記《*こじき》の話によると、高天《たかま》の原《はら》から降りてきた神が、花のように美しい、山の神の娘である木《こ》の花《はな》咲《さ》くや姫《ひめ》と結婚しようとした時、父の山の神は、姉の石長姫《いわながひめ》も一緒に妻として差し上げた。しかし、姉は石のように醜《みにく》かったので、父の神に返したとこ

＊古事記―七一二年成立。三巻。神話や天皇の事跡を記した、古代の歴史書。

ろ、神が花を選んだせいで、天皇の命は花のように命が短くなると伝える。石の命よりも花やかな美しさを求めた、愚かさを語る神話である。

石は永遠の生命の象徴であり、誰しも望むものであったが、憶良は人の命が短いのは世の道理であるから、この世にいつまでも生きられないのだという理解を示す。このような命の理解は、先のような神話によるものではなく、仏教が教えた「＊世間」ということへの理解による。

世間というのは、人が生きる世界のことであるが、しかし、仏教思想によると、世間というのは時間と空間を指し、そこは物事などの移り変わりの激しいところであり、なにひとつ留まることのないところであるという。世間《せけん》虚仮《こけ》という語が示すように、世間は虚《むな》しく仮のものでしかないという。それゆえに、唯仏是真《ゆいぶつぜしん》（仏のみ真実）を説いたのが＊聖徳太子《しょうとくたいし》であった。

常磐のような命を願うのは、＊凡夫《ぼんぷ》の姿であるが、そのように願いながらも、長生を得られないことを嘆くのも凡夫である。このような相反する思いを問題とするのは、哲学的な思考方法である。愚かしい凡夫としての思いや、愚かしい者の嘆きの中に、憶良の作品が生み出されているのである。

＊世間―この世の意味であるが、仏教では移り流れるところとされる。

＊聖徳太子―用明天皇の皇子。仏教を興隆した。

＊凡夫―悟りを得られない人間。

16　春さればまづ咲く宿《やど》の梅の花独《ひと》り見つつや春日《はるひ》暮さむ

【出典】万葉集巻五「梅花《ばいか》の歌三十二首并《あは》せて序」八一八

春が訪れると、まず最初に咲く庭の梅の花。その梅の花を、わたし一人で見ながら、春の日を過ごすのであろうか。

天平《てんぴょう》二年（七三〇）春正月に、大宰府の帥《そち》の大伴旅人《おおとものたびと》官邸で、旅人を主人として風流を尽くす「梅花の宴」が開かれた。この歌宴には、大宰府の役人たち三十二人が参加し、梅の花の歌*を詠んでいる。

旅人が記したと思われる序文があり、そこには「初春《ノ》令月、気《き》淑《よク》風和《やはらギ》、梅《ハ》披《ひらク》ニ鏡前之粉《こヲ》ニ」のように、四六調*の美文を駆使《くし》した漢文を用いて、春が訪れて梅の花が咲いたので、みんなで梅の歌を詠もうと促《うなが》すのである。梅は

*歌―旅人は「わが園に梅の花散る久方の天より雪の流れ来るかも」（八二二）と詠む。

*四六調―漢文で四文字と六文字を交互に用いながら書く文章。リズム感が出る。

mei（中国語）で、中国からの渡来*の花。万葉集ではまだ一般的に詠まれないが、『*懐風藻《かいふうそう》』には梅を観賞する詩がすでに見えており、そこからもこの宴は、漢詩の世界を歌の場に先取りしたことが知られる。

ただ、この宴会には、主人旅人による特別な趣向が凝らされていた。それはこの宴の共通テーマを「落梅《らくばい》」（散る梅の花）として、その主旨により歌を詠むことであった。落梅という詩は、中国の*楽府詩《がふし》にある「梅《ばい》花《か》落《らく》」（梅の花散る）を意味し、辺境《へんきょう》防備《ぼうび》の兵士が、梅の花の咲いたのを見て、また一年の巡り来たことを知り、遠い故郷への思いや家族を思うという、春正月の歌である。その主旨により、大宰府での梅花の歌が詠まれたのである。

憶良の歌は、春が来たので庭の梅の花は咲いたが、辺境の地で独り梅の花を見て、春の日を過ごすのだろうかという悲しみを詠む。本来は、家族と共に梅の花の咲いた正月を喜び迎えるのである。それが、いまは家族とも離れ、独りで梅の花を見ることとなる寂しさを詠む。

ただ、これは憶良の個人の思いではなく、この宴会の主旨が「異郷の梅」を詠むことにあり、会に参加した全員の心を代弁したものである。ここにも家族へと思いを寄せる、憶良の姿が見られる。

＊渡来の花—烏梅と書くウメは、薬用の梅の実。ウメという和語は烏梅によるか。

＊懐風藻—日本初の漢詩集。天智天皇の時代から奈良時代までの漢詩を収める。

＊楽府詩—楽府は音楽を管理する役所で、各地から集められた民謡を楽府詩という。

17

松浦県佐用比売《まつらがたさよひめ》の子《こ》が領巾《ひれ》振《ふ》りし山の名のみや聞きつつ居《を》らむ

【出典】万葉集巻五・無題書簡《しょかん》・八六八

松浦の県の、あの有名な松浦佐用比売が領巾を振ったという、その山の名前を聞くだけで、私は我慢して過ごすことになるのでしょうか。

憶良から大伴旅人《おおとものたびと》に宛《あ》てた、書簡《しょかん》の中の歌である。

長官の旅人は、部下を率いて*松浦県《まつらのあがた》へと出かけ、その折の遊覧の楽しさを憶良に*書簡として送った。それによると、「松浦の県《あがた》に往き、玉島《たましま》の淵《ふち》に遊覧した。そこでは、魚を釣《つ》る仙女《せんにょ》たちに出逢った。花のように美しい容貌《ようぼう》や、照るように輝く姿は比べようがない。柳の葉のような眉《まゆ》に桃の花のような頬《ほお》、風流は実にすぐれている」とある。旅人は松浦に遊覧して、仙女との

*松浦―長崎県の北側の地。

*書簡―「松浦河に遊ぶ序」（巻五）。

出会いや、神功皇后《じんぐうこうごう》の伝説など、この土地の伝説を憶良に伝え、羨《うらや》ましがらせたのであろう。旅人にとっての遊覧は、風流を尽くすという行為であった。その伝説の一つに、松浦佐用比売の話がある。大伴佐提比古《おおとものさでひこ》が朝鮮へと派遣された時、妻の佐用比売は山に登り、領布《ひれ》を振り去って行く船を悲痛な思いで見送ったが、それを見た人たちはみな涙を流したという。

憶良は旅人から佐用比売伝説の歌を受け取り、それに返答したのがこの歌である。国守の公務のために、旅人一行の遊覧には同行できず、いかに残念であったか、松浦遊覧がいかにすばらしかったか、山の名前だけを聞くばかりで、行けなかったことが残念だと、悔しがる思いを返し、長官旅人への気遣いを示している。こうした書簡の形式を通して、男同士が歌を贈答するのは、この時代に始まる、友情の交換である。中国では身分の差を越えて贈答する詩を、「交友詩《こうゆうし》」と呼び、男同士の友情の文学を形成した。特に、美しい風景や風物をめでて歌を詠むのが交友の文学である。

憶良もまた、おそれ多い上官である旅人と、身分差を越えた交友の道具として歌を用い、旅人の風流に応じているのである。

＊神功皇后―仲哀天皇の皇后。新羅出兵の折、松浦川で鮎を釣り、戦勝の占いをした。

＊大伴佐提比古―欽明天皇時代の人。

＊領布―古代の女性が首にかけた布。

＊交友詩―友という関係で詠む詩。交遊詩。

18

天《あま》飛ぶや鳥にもがもや都《みやこ》まで送り申《まを》して飛び帰るもの

【出典】万葉集「書殿《ふみどの》にして、餞酒《せんしゅ》せし日の倭歌《やまとうた》四首」巻五・八七六

いま空を飛んでいる、あの鳥になりたいものです。あなたさまを、奈良の都までお送りもうして、ただちに飛び帰って来ましょう。

大宰府の帥《そち》であった大伴旅人が帰京するにあたり、大宰府の書殿《ふみどの》*で餞《はなむけ》の宴会を開いた時の、一首目の倭歌《やまとうた》*である。

帥の旅人は任期半ばにして大宰府を去り、天平《てんぴょう》二年（七三〇）十二月に上京する。私は空を飛ぶ鳥になりたい、そうすればご主人様を奈良の都までお送りしますというのは、長官へのへつらいのようにも聞こえる。しかし、そうではない。二年前に大宰府へと下向した旅人は、着任早々にして愛妻を喪《うしな》っ

＊書殿―図書館。
＊倭歌―当時はまだ和歌という理解はない。この倭歌は、漢詩に対する歌の意。

た。いま懐かしい都へ帰るのはうれしいといっても、老長官には妻と来た道を、今度は独りで、妻を思いつつたどる旅となる。なんとも悲痛な旅となるに違いなく、帰京への喜びを直接に祝賀することは難しいのである。

憶良の歌は、老長官が経験する帰路の辛苦《しんく》を思っての、なぐさめの歌ではない。むしろ、大宰府へとやってきた道中で、妻とともに見たであろう名所や旧跡の楽しい思い出が、帰路ではすべて辛い思い出へと変わることへの、憶良なりの憂慮と気遣いがある。できるなら、妻への悲しみを抱くことなく、真っ直ぐに都へと送り届けたいという気持ちである。

それは、旅人が帰京する道中での歌*に、妻と見た鞆《とも》の浦のむろの木は永遠だが、一緒に見た妻はもういないと嘆き、妻と来た敏馬《みぬめ》の崎を、帰る折に独り過ぎると涙が流れるという嘆きの歌があることからも理解できる。

憶良はこうした旅人の心境を、すでに予知していたのだろう。都に帰ることはこのうえなく嬉しいことではあるが、しかし、妻のいない帰り旅は、どこにも嬉しさを見ることはできない。これもまた、上司への細心の気遣いが示された、憶良的な送別の歌だといえよう。

*歌―万葉・三・四四六、同・三・四四七。

19

人もねのうらぶれ居《を》るに竜田山《たつたやま》御馬《みま》近づかば忘《わす》らしなむか

【出典】万葉集巻五「書殿《ふみどの》にして、餞酒《せんしゅ》せし日の倭歌《やまとうた》四首」八七七

私たちみんなは、このお別れを侘びしく思っています。しかし、あなたさまは奈良へ入る竜田山にお馬さんが近づくと、私たちのことなど忘れてしまうのでしょうね。違いますか。

大宰府長官を離任する、長官旅人を送る餞《はなむけ》の宴に詠んだ、倭歌《やまとうた》の二首目である。倭歌というのは、倭の心や気持ちを現した歌の意味である。

この宴が大宰府の書殿で行われたのは、旅人が『懐風藻《かいふうそう》』*に漢詩を残すように、この宴会が渡来人《とらいじん》も含む漢詩・漢文の教養を持つ人たちの集まりであったからで、漢籍《かんせき》を酒の肴《さかな》に話題を盛り上げる趣向が凝らされたのである。

そのような雰囲気の中で倭歌が詠まれたのは、歌でしか倭の感情や心持ちを

*懐風藻―日本最初の漢詩集。天智朝から奈良朝までの漢詩を、百十六首収める。

現すことができないからである。そのことから、この時の歌を「倭歌*」だと称したのであり、その倭の感情というのは、先の歌の気遣いという微妙《びみょう》な気持ちや、この歌の「忘らしなむか」のような、「非難《ひなん》」（あるいは、拗《す》ねる心）といった、気持ちの表現にかかわることであったからに違いない。

この別れを、みんなは侘《わ》びしく思っていますというのは、一般的な別離の思いであるが、あなた様は、竜田山*に馬が近づいた途端に、私たちのことなど、きっと忘れてしまうでしょうねというのは、まさに相手を薄情な上司だと非難する気持ちである。竜田山は奈良の入り口であるから、心はもう懐かしい奈良にあり、我々のことなど忘れるだろうと非難するのである。

もちろん、三位中納言である上司に、五位程度の部下が非難したり羨《うらや》んだりする言葉を発することはない。当時の三位*と五位との違いは、いまでいえば、会社の常務と主任ほどの違いがある。それにもかかわらず、このような表現を可能としたのは、二人には友情が存在したからである。辺境《へんきょう》の地で旅人は憶良を友とし、二人は歌を交友の具としたのである。しかも、歌という表現方法は、微妙な気持ちの表現を可能とした。この歌は、歌が交友の道具として用いられた、記念すべき最初期の歌なのである。

*倭歌―倭国の歌。漢詩に対する歌の意味。

*竜田山―大阪と奈良の境にある山。これを越えると奈良県に入る。

*三位と五位の違い―大宝令では、一つの位に正従・上下の四ランクがある。普通一ランク昇格するのに、十年前後。旅人と憶良には七ランクの差がある。

20

天離《あまざか》る鄙《ひな》に五年《いつとせ》住まひつつ都の手ぶり忘《わす》らえにけり

【出典】万葉集巻五「敢《あ》へて私《わたくし》の懐《おもひ》を布《の》べたる歌三首」八八〇

都を遠く離れた、このような田舎住まいを五年も過ごしている内に、都風な風流を、すっかり忘れてしまいました。

左注《さちゅう》によると、天平《てんぴょう》二年（七三〇）十二月六日に奉った歌である。大宰府長官の大伴旅人が、同月に帥《そち》の任務を離任しているので、その時に奉ったのである。題詞《だいし》の「敢へて」は、先の書殿《ふみどの》での餞《はなむけ》の歌に続けて、別途に私的な懐《おもい》を詠んだ歌の意で、本来は歌うべきものではないが、という気持ちがある。

私懐というのは、個人的な思いであり、「布」*は言葉を敷き延《の》べる意味で、我が本懐《ほんかい》を旅人の前に広げ延べた歌だということである。憶良のいう本懐と

＊布─布陳や布衍の「布」と同じく、敷き延べること。

は、田舎暮らしを五年も続けて、都の手ぶりを忘れた悲しみのことである。そこには、私も早く帰京したいという願いもあるだろう。

国守《こくしゅ》の任期はおよそ四年であるから、神亀《じんき》三年（七二六）に着任していたとすれば、足かけ五年となる。都への止みがたい気持ちも強くなったころに、親しみを覚えた長官の旅人が帰京することとなり、そこで我が本懐をのべたのである。その都への思いとは、都の手ぶりにあった。

手ぶりという語は、どうやら憶良独自の用語であるらしく、「ふり」は風俗・習慣の意味に理解できる。おそらく、手を振ったり足を上げたりする行動が元で、花をかざして舞う姿を指すものと思われ、都の風流・風雅という意味であろう。

都はみやび（雅）* の世界であり、その反対の田舎が、ひなび（鄙《ひな》）の世界である。それで都の手ぶりとは、都の風流のことを指すことになる。都を懐かしむというのは、何よりも雅を尽くす風流の世界への憧《あこが》れであった。

鄙に五年を過ごした憶良が、離任する旅人に都の手ぶりを訴えたのは、旅人を羨《うらや》むこともあるが、この二人が梅花の歌や遊覧の歌などのように、都の風流を尽くしながら、交友を深めていたからであろう。

＊雅―宮のある処がミヤコで、ミヤコの風流がミヤビである。

21

吾《あ》が主《ぬし》の御霊《みたま》給《たま》ひて春さらば奈良の都《みやこ》に召上《めさ》げ給《たま》はね

【出典】万葉集巻五「敢《あ》へて私《わたくし》の懐《おもひ》を布《の》べたる歌三首」八八二

我が上司のご温情を頂いて、春が来たら懐かしい奈良の都に、どうぞわたしを呼び寄せてください。

私懐の歌の三首目である。この主《ぬし》は大宰府長官の旅人のことであり、長官は九州全体を管轄《かんかつ》していたので、憶良にとっても旅人は吾が主である。御霊はその人の霊魂を指すが、ここではご恩顧《おんこ》のことである。

いま帰京する旅人のご恩顧をいただき、春が来たら奈良の都に呼び寄せて欲しいという。旅人の帰京は天平《てんぴょう》二年（七三〇）十二月で、翌正月七日*には人《じん》日《じつ》を迎え、人事異動が行われる。旅人は三位中納言であるが、都に帰ると大

＊七日―一月七日。役人の昇格・人事異動の発令の日。中国の習慣による。

納言職や、いま以上の叙位《じょい》が待っているはずである。まさに朝廷の重役として旅人は都へと帰るのであり、国守の任期も満たした憶良を、ただちに都へと召し上げることは、別に難しいことではない。そのようなことから、この歌は露骨に媚《こ》びへつらう*猟官《りょうかん》の歌のようにいわれる。それは、敢えて私懐を述べるという題詞《だいし》の主旨にも適《かな》うのだが、しかしそうではあるまい。

ここには旅人が帰京することへの、憶良なりの気遣いの気持ちがある。なぜなら、旅人に頼らなくとも、憶良の帰京はそんなに遠いことではない。だから、旅人に媚びてご恩顧をたまわるまでもないのである。にもかかわらず、この歌が詠まれるには、ほかの理由があった。

その理由とは、旅人の栄転への祝賀の気持ちである。旅人が帰京すると、*大納言《だいなごん》の職務が予約されている。しかし、今でも旅人の実力は朝廷に轟《とどろ》くものであり、わが老体の身などは簡単にどのようにでもなる、そうした権《けん》威《い》（御霊）の持ち主としての旅人への祝賀である。老齢の憶良は、帰京すれば引退が待つだけだか、わが主人は朝廷に戻り、さらに新たな実力者となることへの*祝賀の気持ちである。身分差を考慮しつつも、ここには憶良が培《つちか》ってきた交友の情が汲み取れる、主への親しみに満ちた歌である。

*猟官―官職をあさること。

*大納言―太政大臣に次ぐ職。

*祝賀の気持ち―旅人は翌年大納言となり、その夏に没した。

22

うち日さす　宮《みや》へ上ると
たらちしや　母が手離《てはな》れ
常知《つね》らぬ　国の奥処《おくか》を
百重山《ももへやま》　越えて過ぎ行き
何時《いつ》しかも　京師《みやこ》を見むと
思ひつつ　語《かた》らひ居《を》れど
己《おの》が身《み》し　労《いたは》しければ
玉桙《たまぼこ》の　道の隈廻《くまみ》に
草手折《たお》り　柴《しば》取り敷《し》きて
国に在《あ》らば　父とり見まし
家に在らば　母とり見まし
世間《よのなか》は　かくのみならし
犬じもの　道に臥《ふ》してや
命《いのち》過ぎなむ〔一《ある》は云はく、わが世過ぎなむ〕

きらきらと日の射す都へ上るといって、
たらちねの母の手を離れて、
行ったこともない国の奥へと、
いくつもの山を越えて過ぎ行き、
いつかきっとあの都を見るだろうと、
そのように思いながら仲間と話し合っていた。
ところがどうも体が苦しいことだと、
たまぼこの道の曲がり角に、
草を手折り、柴を取り集めて地に敷いて臥してしまった。
故郷にいたならば父が面倒を見てくれよう、
家に在ったならば母が面倒を見てくれよう。
しかし世の中とはこのようなもので、
犬でもないのに道に臥せって、
死んでゆくのであろう〔あるいは、「この短い我が命は死ぬのであろう」という」。

【出典】万葉集巻五「敬《つつし》みて熊凝《くまこり》の為に其《そ》の志《こころざし》を述べたる歌に和《こた》へたる六首并《あは》せて序」八八六

＊肥後—熊本県。
＊安芸—広島県。

序文に、＊肥後《ひご》の国益城《ましき》郡の大伴君熊凝《くまこり》という青年が、都にのぼる途中で病となり、＊安芸《あき》の国佐伯《さえき》郡で没したとある。その折に青年熊凝は、「人の命は無常であるから、いつまでもこの世に留まることはできないということは知っています。しかし、私の老いた両親は家で私の帰りを待っていて、もし約束の日に帰らないと、きっと深く悲しむことでしょう。私があの世へ行くことは仕方ないのですが、両親がこの世に残されることが苦しいのです。いま別れると、いつまた会うことができるのでしょうか」と嘆き、六首の歌を詠んで死んだという。憶良は、この悲しい話を大宰府の役人から聞いたのである。

当時の宮廷では、七月七日に相撲《すもう》の＊節会《せちえ》が行われていた。都へ力士を引率する役人の従者となったのが青年熊凝であり、この歌は不幸な熊凝の気持ち

＊節会—祭りの催し。この夜に、七夕の宮廷儀礼が行われた。

を、憶良が代弁した作品である。

　序文や歌をみると、憶良の思想が色濃く表れている。たとえば「仮合の身は滅び易く、泡沫の命は駐《とど》め難し」（序文）というのは、仏教では人間の肉体は*四大要素でできていて、それが変化することで滅びるのだといい、それゆえに、身体はあくまでも仮のものであり、死ぬことを当然としているのだという。

　熊凝のいう「仮合の身」という言葉は、まさに憶良が理解している肉体や人間存在の根本の問題である。さらに熊凝の死を通して親への孝を問題としているのも、憶良がこのような作品を創作するための*根本的なテーマである。

　孝というのは、儒教思想の中でもことに重要視された思想であり、それは子どもによる親への思いやりの心を指した。当時の学生が学んだ基本テキストには『*論語《ろんご》』という本があり、そこには親が存命《ぞんめい》の時は、遠くへ行ってはならないなど、孝の重要性が説かれており、なかでも『*孝経《こうきょう》』という教典では、身体は親に受けたものであるから、これを傷つけないのが孝行の始めであるなどと説かれる。親に先立って死ぬのは、最大の不幸なのである。

　そのことから、熊凝の言葉を見ると、熊凝は我が身の死ぬことはかまわな

*四大―地・水・火・風を指す。

*根本的なテーマ―八苦の中の、愛別離苦の死別がこれに相当する。

*論語―儒教の祖である孔子の言行録。

*孝経―孔子と曽参との孝に関する問答を、曽参の弟子が記したとされる。

いが、父母をこの世に残して先立つことを悲しむのだといい、そのことによる父母の苦しみの深さへ思いをいたすのだという。この考えは論語や孝経を念頭に置いたものであり、親を尊敬し養うことが親孝行であるから、それができないのは不孝者になることであり、熊凝の深い嘆きはここにある。

憶良が親孝行としている基準は、親を尊敬することにあり、養うことにある。あの倍俗《ばいぞく》先生が親を尊敬しつつも、養わなかったことを憶良は批判した。孔子《こうし》は『論語』で、今の孝行は親を養うだけで、尊敬しなければ孝行とはいえないのだと教諭《きょうゆ》している。そうした親孝行を果たせないのが熊凝であり、その不孝の避けられない事情を憶良は代弁したのである。

熊凝は突然の病で世を去ったが、その悲しみは憶良にしっかりと受け止められ、ここに熊凝の心が代弁された。人間の生の苦をみつめ、そこに心を寄せる、憶良の姿がうかがえる作品である。熊凝は不孝者だという評判ではなく、むしろこんなに親思いの青年であったと村中の評判となったに違いない。

当時の朝廷では、「篤道《とくどう》の者」を推薦して、朝廷に報告せよという命令を下している。夫を亡くしても再嫁《さいか》せずに夫の親を養った貞節の女性や、孝行者あるいは他人のために奉仕した者に報償《ほうしょう》を与えるためだという。

*倍俗先生—惑へる情を反さしむるの歌（万葉・五・八〇〇）に見えた。

*篤道の者—律令には、国郡司は、孝行などの者を宮廷に報告せよとある。この歌はそうした背景を持つ。

23

たらちしの母が目《め》見ずて鬱《おほほ》しく何方《いづち》向きてか吾《あ》が別《わか》るらむ

【出典】万葉集巻五「敬《つつし》みて熊凝《くまこり》の為に其《そ》の志《こころざし》を述べたる歌に和《こた》へたる六首并《あは》せて序」八八七

たらちねの大切な母にも会わずに、暗い思いでいる。私は、ふたたび会うこともない母に、どちらを向いて別れるのだろう。

熊凝《くまこり》に代わり詠んだ反歌の一首目。親といえば父親のイメージがあるが、この時代にはまだ母親を指すことが多い。

すでに律令《りつりよう》の時代となり、父親を中心とする新たな家族制度が誕生したが、子どもは長く母親に養われてきた。妻問い婚が古代の結婚形態であったといわれるように、男は妻の家を夕方に訪れ、朝には帰るのであり、生まれた子どもは母親が養育した。子どもは母親に管理されていて、恋人ができても母親の目は容易に逃《のが》れられなかった。古くに母系制社会があり、その名残が万葉の歌の*、「父母」といわずに「母父《おもちち》」という言葉にみられる。母親が家の主で、父親はときどき訪ねてくる程度だからである。

「たらちし」という言葉は、豊かに満ち足りた乳房の意の枕詞《まくらことば》で、それが母に掛かるのも、満ち足りた乳をもって育ててくれたことに対する、母親への尊敬の言葉であろう。いま、青年熊凝が無念な死にあたって思い出されるのは、母親への思いであった。その母親に会うこともなく、何の言葉もかけられないことを悲しみ、どちらに向かって旅立つのかと嘆くのである。

子は親の恩を思うべしというのは、中国で作られた仏典にみえる親孝行の教えである。母親というのは、子どもが生まれる前から愛情をそそぎ、生まれればおむつを取り替え、危険なものから遠ざけ、おいしい食べものを優先して食べさせる。しかし、子どもは大人になるとそのことをすっかり忘れ、一人で大きくなったかのようにふる舞うのである。

この青年熊凝は、父母の恩愛がいかに重いかを理解した青年として描かれているのだが、それは憶良が理想とした孝に対する考えの表明であった。憶良は、その思いを青年熊凝によせて代弁したのである。

＊歌—母父も妻も子どもも高々に来むと待ちけむ人の悲しさ（万葉・十三・三三三七）。

24

常《つね》知らぬ道の長手《ながて》をくれくれと如何《いか》にか行かむ糧《かりて》は無しに

〔一《ある》は云はく、乾飯《かれひ》は無しに〕

【出典】万葉集巻五「敬《つつし》みて熊凝《くまこり》の為に其《そ》の志《こころざし》を述べたる歌に和《こた》へたる六首并《あは》せて序」八八八

常は知らない道の遠くまでを、暗い心のままにどのようにして行くべきか。食べるものはないのに〈あるいは、「乾飯はないのに」という〉。

熊凝《くまこり》に代わる歌の反歌の二首目。死出《しで》の旅路に向かう、熊凝の不安が述べられている。「くれくれと」は、暗い気持ちでという意味。

古代日本人の考えたあの世は、必ずしも明らかではない。死者が行くところは、ばくぜんと山や海の彼方《かなた》で、そこには「常世《*とこよ》」という楽土があると考えていたようである。神も祖先も、この楽土から訪れると考えていた。また、中国からの影響で、死者は「黄泉《*こうせん》」という国へ行くと考えた。地下には

＊常世―トコは永遠、ヨは空間的世界。
＊黄泉―和語はヨミ。夜の暗闇が続く世界という意味。そこから黄泉に翻訳した。

黄色い泉の涌くところがあり、そこが死者の行く国だという。イザナミという日本神話の女神も、火の神を生んで焼け死に、黄泉へ行ったという。

　こうしたあの世に対する考えに、劇的な変化をもたらしたのが、中国仏教の思想である。インドを経て中国に入った仏教は、*地獄の思想を大きく取り上げたのである。死者は死出の旅をして、あの世へと向かうのであるが、その途中で死者の国の王様によって、生前に行った善行《ぜんぎょう》や悪行《あくぎょう》が調べられ、地獄へ行くか極楽へ行くかが決定されるのである。あの閻魔《えんま》大王は地獄の裁判官であり、地獄には十人の裁判官の王様がいるとされる。

「常知らぬ道」というのは、この世の道のことではなく、*三途《さんず》の川などのある、あの世の道のことである。そこは遠いところであり、暗闇《くらやみ》がどこまでも続くところだといわれる。その暗い道を食物も持たずに、どのようにして行くのかという嘆きがこの歌である。

　ここには憶良が理解した、この時代のもっとも先端ともいえる、あの世の姿が見られる。日本人には漠然としていた死後の世界が、恐ろしい地獄の思想で理解されたのであり、とても興味深い歌である。

＊地獄の思想―この世で悪行をした者は、因果応報により、死後に地獄へ行くという思想。

＊三途の川―死後の旅で越えなければならない川。

25

風雑《まじ》り　雨降る夜《よ》の
雨雑《まじ》り　雪降る夜《よ》は
術《すべ》もなく　寒《さむ》くしあれば
堅塩《かたしほ》を　取りつつしろひ
糟湯酒《かすゆざけ》　うち啜《すす》ろひて
咳《しはぶ》かひ　鼻《はな》びしびしに
しかとあらぬ　鬚《ひげ》かき撫《な》でて
我《われ》を措《お》きて　人は在《あ》らじと
誇《ほこ》ろへど　寒くしあれば
麻衾《あさぶすま》　引き被《かがふ》り
布肩衣《ぬのかたぎぬ》　有りのことごと
服襲《きそ》へども　寒き夜《よ》すらを
我《われ》よりも　貧《まづ》しき人の
父母《ちちはは》は　飢《う》ゑ寒からむ

風が混じって雨が降る夜、
雨が交じり雪が降る夜は、
どうにもならないほど寒い。
それで固い塩を取り欠いては嘗め、
酒の糟をお湯にといてはすする。
ゴホゴホとひどい咳、垂れる鼻水もすする。
まばらに生えた無精鬚をかきなでて、
「わしのほかに、立派な人間などはいない」と、
豪語するが、どうにも寒くてしようがない。
麻の夜具だが、それらを引っ張り出して被り、
ついでに袖無しの上着も取り出して、
重ね着するがそれでも寒い夜だ。
こんな夜に、わしより貧しい者の、
父母は、腹を空かして寒がっていよう。

妻子《めこ》どもは　乞《こ》ふ乞ふ泣くらむ
この時は　如何《いか》にしつつか
汝《な》が世は渡る
天地《あめつち》は　広しといへど
吾《あ》が為《ため》は　狭《さ》くやなりぬる
日月《ひつき》は　明《あか》しといへど
吾が為は　照りや給《たま》はぬ
人皆か　吾《あ》のみや然《しか》る
わくらばに　人とはあるを
人並《ひとなみ》に　吾《われ》も作《な》れるを
綿《わた》も無き　布肩衣《ぬのかたぎぬ》の
海松《みる》の如《ごと》　わわけさがれる
襤褸《かがふ》のみ　肩《かた》にうち懸《か》け
伏廬《ふせいほ》の　曲廬《まげいほ》の内《うち》に

妻や子どもたちも、食べ物をせがんで泣いていよう。
こんな時にどのようにして、
世間を渡っているのか。
天地というのは、とほうもなく広いと聞いています。
しかし、私のためにはこんなに狭いのでしょうか。
日月はとても明るいと聞いています。
しかし、私のためには照ってくれないのか。
みなさんも同じですか、私だけなのですか。
たまたま、わたしは人間として生まれました。
他人と同じように、わたしも仕事に励んでいます。
それなのに綿も入っていない袖無しの服が、
まるで昆布のようにバラバラと身体にぶら下がり、
千切れた服のボロばかりを肩に引っかけている。
傾いた家の、倒れかかった家の中では、

直土《ひたつち》に　藁《わら》解《と》き敷《し》きて
父母《ちちはは》は　枕《まくら》の方《かた》に
妻《め》子《こ》どもは　足《あと》の方に
囲《かく》み居《ゐ》て　憂《うれ》へ吟《さまよ》ひ
竈《かまど》には　火《ほ》気《け》ふき立てず
甑《こしき》には　蜘《く》蛛《も》の巣《す》懸《か》きて
飯炊《いひかし》く　事《こと》も忘れて
鵺鳥《ぬえどり》の　呻吟《のどよ》ひ居《を》るに
いとのきて　短き物を
端《はし》截《き》ると　云《い》へるが如く
楚《しもと》取る　里長《さとをさ》が声は
寝《ね》屋《や》戸《ど》まで　来《き》立《た》ち呼《よ》ばひぬ
かくばかり　術《すべ》無きものか
世間《よのなか》の道

土の上にじかに藁を解き敷き、
父母はわたしの頭の方に居て、
妻子たちは私の足もとで
囲みあって、悲しげな声を上げている。
台所には火の気もなく、
甑には蜘蛛の巣が張り、
ご飯を炊くこともすっかり忘れて、
まるで鵺鳥のような声をあげて苦しんでいる毎日です。
それなのに、「ただでさえ短いものの
端を切る」ということわざのように、
笞をもった里長が、
寝室にまで入り込んで来ては大声でまくし立てる。
こんなにも、どうしようもないのですか、
世の中に生きるということは。

【出典】万葉集巻五「貧窮問答《ひんきゅうもんだう》の歌一首并《あは》せて短歌」八九二

教科書に採用されるほどの、古代の民の生活を描いた有名な歌である。貧窮は、当時の社会問題であったので、憶良はこの歌を通して民の苦しみを国に訴えたとされ、それで、憶良は社会派の歌人として評価されている。

貧窮問答の歌という題は、貧者《ひんじゃ》と窮者《きゅうじゃ》の問答の歌とされて来たが、今日では貧窮に関しての問答の歌というのが通説《つうせつ》である。貧窮*という言葉も、仏教的な生苦《しょうく》を意味すると考えられ、そこに憶良の意図が求められている。

古代に貧窮という概念が生まれたのは、一に、聖天子《せいてんし》を描くためである。古代の史書*に等しく記録されている伝説によると、仁徳天皇《にんとくてんのう》が即位した時、民の生活は貧しく、三年の間は税を取ることを止めた。三年後に、民の生活を確かめると豊《ゆたか》になっていた。それで、この天皇を聖帝《せいてい》と呼んだという。日本にも儒教の理念を実現した天皇がいることを、歴史として記すために創作されたのである。貧窮という概念は、政治哲学*なのである。二に、中国古代では、貧窮を清廉《せいれん》な人間の理想の生き方とした。清貧《せいひん》*の思想である。漢代《かんだい》に揚雄《ようゆう》という学者がいて、とても貧乏であった。彼は貧乏の理由を考え、思い

*貧窮―今日、ビングウと呉音で読まれる。

*史書―古事記・日本書紀。

*政治哲学―為政者が正しい政治を行うための理念。

*清貧―貧しいことを誇りとすること。

ついたのが貧乏神のこと。そこでお供えをして呼び出すと、案《あん》の定《じょう》、貧乏神が出てきたので、家から出て行くことを頼んだ。しかし、貧乏神は貧乏であることの徳*を並べ立て、揚雄もそれに感動して、一緒に住むこととしたという。こうした者は「*貧士《ひんし》」と呼ばれ、知識人の生き方の一つであった。三に、前世の因果による貧窮である。ここでの貧窮は、仏教の説く*因果応報《いんがおうほう》によるものであり、すでに前世において決定された運命を背負う者である。

　こうした貧窮の概念から、貧窮問答の歌を見ると、前半の貧窮者は、貧しい生活ながらも、無精《ぶしょう》ひげをなでつつ「自分以外に偉い人間はいない」のだと威張《いば》る。この男の態度は、まさに貧乏神を友として生きる、高潔《こうけつ》な貧士と等しいであろう。これに答える後半の貧窮者は、人並みに仕事に励む男であり、自分だけがなぜこんな貧しい不幸を背負っているのか、という疑問を持つ。その男は「わくらばに、人とはある」ともいう。たまたま人間*として生まれたのだという背後には、牛や虫などとして生まれることもあったのに、幸運にも人として生まれたことの喜びを指す。それなのに、なぜこんな極貧《ごくひん》に生まれたのかというのが、この男の疑問なのであり恨《うら》みなのである。

　ここに貧窮問答の歌とは、高潔な生き方を標榜《ひょうぼう》する貧士と、前世の因縁《いんねん》

*徳―いつも薄着なので健康、財産が無いから命を狙われないなど。

*貧士―貧しさを常の生き方とする人。

*因果応報―善悪の行為が結果として現れるという、仏教の思想。

*人間―人として生まれた時に、仏の真理が理解できるから、幸運だとされる。

で貧窮となった男との、それぞれの問答の歌だということになる。世捨て人としての貧窮と、仏教的因縁としての貧窮、この二つの貧窮は、憶良が唐にあって学んだ「人間の運命哲学」と深く関わるものであった。

ところで、この「貧窮問答の歌」には、モデルがあるといわれる。中国の隋から初唐に活躍した王梵志《おうぼんし》というお坊さんの詩が敦煌《とんこう》から見つかり、その詩と類似するというのである。王梵志の伝記は不明であるが、リンゴの木の瘤《こぶ》から生まれたという伝説を持つ。彼の詩集は平安初頭の図書目録に記録されていて、その後に不明となる。それが百年ほど前に敦煌の石窟が開かれ、詩集が見つかったのである。その中の「貧しい田舎者」という詩では、

田舎の貧しい人は、草ぶきのあばら屋でひどい生活。二人の貧しさは前世が原因で、此の世で夫婦となった。妻は稲搗きのパート、夫は出稼ぎの仕事。日が暮れて家に帰ると、米も薪もない。子どもたちはお腹をすかして、まるで断食行。里首は税の催促、村長も一緒に催促する。

といった内容である。こうした詩は、当時お坊さんが民衆教化のために用いたものであり、唐にいた憶良はそれを写し取って来たものと思われる。

26

世間《よのなか》を憂《う》しとやさしと思へども飛び立ちかねつ鳥にしあらねば

【出典】万葉集巻五「貧窮問答《ひんきゅうもんどう》の歌一首并《あは》せて短歌」八九三

この世間に生きることは、辛く恥ずかしいと思うのだが、ここから飛び立つことなど出来ない。鳥ではないのだから。

貧窮問答の歌の反歌。「憂し」は、辛《つら》く苦しいこと。この世の中は、辛いことや苦しみの多いところだというのは、誰しも子どものころから経験することであり、それが生きることなのだということも教わった。しかし、この世に生きることが、「やさし」*、すなわち恥だというのは、必ずしも分かり易いことではない。どうして、憶良は生きることを恥ずかしいことだというのか。これは、この世に貧窮者として生まれたことを指すので

*やさし—辛い・耐えがたいの意味と、恥ずかしいの意味がある。ここでは後者。

あろう。長歌に「わくらばに、人とはある」とあったのは、人として生まれたことへの喜びであった。にもかかわらず、なぜかくも貧しいのかという。貧しい生まれが、「やさし」という言葉で表されているのである。

平安時代の初期に、*景戒《きょうかい》というお坊さんは『*日本霊異記《にほんりょういき》』という仏教説話を書いた。その序文に、自らの過去について語っている。それによると、彼がこの世で生活もできないほど貧しいのは、「先の世に布施《ふせ》の行《ぎょう》を修《しゅう》せず」ことにあったと知り、*慚愧《ざんき》の心を起こして「ああ、はずかしい、やさしいことだ」と嘆いた。この「やさし」も、恥ずかしいという意味である。いわば、前世で貧しい者に施しをしなかったこと、それが貧窮の理由だと知ったのである。そのために、これを因果と考えて出家したという。そうした仏教の*因果応報の思想が、貧窮と結びついているのである。

世間に生きることは辛いことだというのに対し、恥ずかしいというのは、前世からの因果のためである。しかし、たとえそうであるとしても、鳥ではないから簡単にこの世から飛び立つことなどはできないのだと、憶良はいう。それもまた、きわめて人間的な思いだといえよう。

*景戒―平安初期の人。伝は未詳。
*日本霊異記―日本国現報善悪霊異記という。因果応報を説く説話集。
*慚愧―恥じ入ること。
*因果応報―ある原因によって、それに対する応報があるという思想。

27

俗道《ぞくだう》ノ変化《へんくわ》ハ猶《な》ホ目ヲ撃《う》ツガゴトク、人事《じんじ》ノ経紀《けいき》ハ臂《ひぢ》ヲ申《の》ブルガゴトシ。空《むな》シク浮雲《ふうん》ト大虚《たいきよ》ヲ行キ、心力《しんりよく》共ニ尽《つ》キテ寄《よ》ルトコロナシ。

【出典】万葉集巻五「俗《ぞく》の道《みち》の仮《かり》に合ひ即《すなは》ち離《はな》れ、去《さ》り易《やす》く留《とど》まり難《かた》きを悲しび嘆《なげ》く詩一首并《あは》せて序」の漢詩

世間の変化はまるで瞬きをするように早く、人の世の経過はまるで臂を伸ばすように早い。空しく浮き雲と共に大空を行くようなもので、心も力も共に尽き果てて寄る辺などはない。

憶良の二首目の漢詩。俗道*の仮に合い即ち離れ、去り易く留まり難いことを悲しみ嘆く詩だという。この意味は、この世に生きる者の定めとして、人間の肉体というのは、仮のものが寄せ集まったものであるから滅びやすく、いつまでもこの世に留まることは出来ないことを嘆くということである。

この詩の序文によれば、人の身体は「仮合《けごう》*の身」だという。肉体は地・

*俗道—この世での人の定め。

*仮合の身—仮のものが合わさりできた身体。仏教思想による。

水・火・風の四大要素でできている仮のものであるから、この四つの要素が変化することで、身体は滅びへと向かう。そうした身体の滅びを序文では、「お金があっても、命を買うことはできない」とか、「生まれると必ず死がある。死がいやなら、初めから*生まれなければ良いのだ」という。いわば、王様にも聖人にも死は必ず訪れ、まして*凡人《ぼんじん》のわれわれには当然である。だから、死がいやなら、初めから生まれなければ良いのだという。これは死にたいする悟りではなく、むしろ、死という絶対性にたいしてのはてしない絶望である。その絶望のなかに、この詩が詠まれたのである。

詩によれば、この世での生は、まばたきをする時間に等しく、人の一生は腕《うで》を少し伸ばす程度の時間だという。それゆえ心は空を行く浮雲のように空しく、心も力も尽き果てて、頼るものはどこにもないのだと嘆くのである。*七十四歳の憶良が、死と闘い続けた実感が伝わってくる内容であるが、そこには、命を得られるなら鼠《ねずみ》の命でも欲しいという、*憶良の生命観がある。

たしかに、悟ることもなく、死後への期待もないのだとすれば、この世に長く生きていたいという欲望は、誰しもが抱く思いであったろう。

*生まれなければ良い—ここには、人の誕生が親によるのではなく、前世からの輪廻によるのだという、仏教の思想がある。

*凡人—悟りに至らない者。

*七十四歳の憶良—この作は天平五年に作られ、この後まもなく没する。

*憶良の生命観—「鼠の命でも良い」という言葉は「沈痾自哀文」に見える。

28

たまきはる　現《うち》の限《かぎ》りは
〔瞻浮州《せんぶしう》の人の寿《よはひ》の一百二十年なるを謂《い》ふ〕
平《たひら》けく　安《やす》くもあらむを
事《こと》も無く　喪《も》も無くあらむを
世間《よのなか》の　憂《う》けく辛《つら》けく
いとのきて　痛《いた》き傷《きず》には
鹹塩《からしほ》を　灌《そそ》くちふが如く
ますますも　重き馬荷《うまに》に
表荷《うはに》打つと　いふことの如
老いにてある　わが身の上に
病《やまひ》をと　加へてあれば
昼はも　息衝《いきづ》きあかし
年長《としなが》く　病《や》みし渡れば

魂の極まる命が、いまこのようにある限りは〔須弥山の瞻浮州に住む人の寿は、その限りが一百二十年であることをいう〕、
平安で何事もなく、
災いもなくありたいものだが、
しかし世の中というのは悲しく辛いところで、
ことのほか「痛い傷口に、
さらに辛い塩を塗る」というごとく、
あるいは「ただでさえ重い馬の荷に、
さらに荷を積む」というごとく、
老いている我が身に、
病が加わってあるので、
昼間はため息ばかりついては過ごし、
長年にわたり病のままでいるので、

月累《つきかさ》ね　憂《うれ》へ吟《さまよ》ひ
ことことは　死ななと思へど
五月蝿《さばえ》なす　騒《さは》く児《こ》どもを
打棄《うつ》てては　死《しに》は知らず
見つつあれば　心は燃《も》えぬ
かにかくに　思ひわづらひ
哭《ね》のみし泣かゆ

月を重ねて苦しみ嘆くばかりだ。
いっそのこと死にたいと思うのだが、
五月の蝿のように身の回りを騒ぎ走る子どもを、
簡単に棄てて死ぬこともできず、
見ていると心は熱く燃える。
とにもかくにも思い悩むことばかりで、
自然と声を上げて泣けてしまうのだ。

【出典】万葉集「老《お》いたる身に病《やまひ》を重ね、年を経《へ》て辛苦《たしな》み、及《また》、児等《こら》を思《しの》へる歌七首〔長一首短六首〕」八九七

題詞《だいし》には、老いた身に病が加わり、しかも幼い子を思う歌だとある。老いも病も人生の苦を指し、その上に死を目前にして幼い子へと心を寄せるのは、そこに死苦と生苦とが加わることを意味する。これによれば、この歌は生《しょう》・老《ろう》・病《びょう》・死《し》という四つ*の辛苦を題材にして詠んだことが知られる。しかも、子への思いを取り上げるのは、愛する子どもとの別れを示唆しており、

*四つの辛苦―仏教では、人間の最大の苦しみを四つに分けた。

それもまた八苦《はっく》の中の一つとしてある、愛別離苦《あいべつりく》の問題である。

老齢にして病に苦しむ憶良は、いま「生きるとは何か」を問い続ける。その限りでは、憶良の現在の姿を反映しているように見える。だが、そこに幼い子を加えるのは、愛の問題を考える意図がみえる。子への愛が人を苦しめる最大のものであることは、釈迦《しゃか》の教えであり、憶良もそれを問題とした。このことから見るならば、この作品は、誰にでも降りかかる人間の背負う苦を通して、人の生きることの意味を問いかけたものではないか。いわば、この世に生まれて、誰しも幸運でありたいと願いつつも、その願いに反して、つぎつぎと襲いかかる不幸や不運に見舞われる人生、そのような不運な人生にありながらも、それでも生きる意味がどこにあるのかという、答えようもないような課題への挑戦である。そこにいたれば、この作品は人はなぜ生きるのかという、哲学的な問いかけとなるに違いない。

このような問いかけをする憶良は、その最晩年にいたっても、ついに安らかな心を得られなかったであろう。生きることへの強固な欲望を示しながらも、眼前にあるものは、老と病と目に入れても痛くない可愛い子どもである。しかも、愛する子どもを残して、まもなく死ぬことになるであろうとい

＊八苦―四苦にさらに四苦を加えたもので、四苦八苦ともいう。愛する者との別れが愛別離苦。

＊問題―憶良は「子等を思へる歌」（万葉・五・八〇二）で、釈迦すらも子を愛したといい、だから世間の者で子を愛さない者はいないと説いた。

う現実である。それが憶良の実際を反映したものか否かは分からないが、少なくともこの世に生きる人間の、だれもが通らなければならない、生の苦しみであるという事実である。その苦しみを前に、ただ声をあげて泣くしかないのだというのも、憶良らしい結論である。

　このような作品は、日本文学史上でも、まれに見る内容であるが、そこにあるのは、人間として生きることの自覚である。仏教においては、人間の生死の姿を*九想観《くそうかん》として示した。生《せい》の観想《かんそう》を生身《せいしん》九想と呼ぶが、それは生きている人間が背負う生・老・病の苦の姿である。しかも、それらの上には子への愛も加わり、この世に生きる人間の苦の姿が集約される。それゆえに、そうした苦を取り除くのが九想観という方法である。おそらく憶良はこのような九想観を理解した上で、この作品へと向かったのであろう。

　しかし、生身九想が現世の苦を救済するはずであるのに、かえって生の自覚の中で、迷い苦しむのが憶良であった。この世を辛いところだと思いながらも、鳥ではないから飛び立てないのだと嘆く*歌を詠んだのも憶良である。

*九想観―仏教で、人の誕生から死そして骨に為るまでを想定して、肉体に固執することをやめさせる方法。生きている肉体の変化を想定するのが生身九想。

*歌―世の中を憂しとやさしと思へども飛び立ちかねつ鳥にしあらねば（万葉・五・八九三）

29

術《すべ》もなく苦《くる》しくあれば出《い》で走り去《い》ななと思へど児《こ》らに障《さや》りぬ

【出典】万葉集巻五「老《お》いたる身に病《やまひ》を重ね、年を経《へ》て辛苦《たしな》み、及《また》、児等《こら》を思《しの》へる歌七首〔長一首短六首〕」八九九

どうしようもなく苦しいので、こんな辛い世間を棄てて、楽な処に行きたいと思う。しかし、目の前のかわいい児らが障害となり、死ぬこともできないのだ。

老いたる身に病を重ねた時の歌の、反歌《はんか》の二首目。題詞《だいし》には、老身《ろうしん》の上に病が加わり、それが長年続いて苦しんでいるが、そのような中で子どもが思われるのだとある。このような状態は、憶良が「重い病に沈み自ら哀しむ文*」にも書いているから、現実に憶良は高齢にして病のある身体であったに違いない。だから、もう死んでしまった方が楽だと考えるのだが、しかし、子どもらが障害となり、死ぬことも出来ないのだと嘆く。

＊文―巻五に見える漢文の文章。そこには七十四歳の憶良が重い病に苦しむ姿が描かれている。

老身にして重い病は憶良の現実だとしても、その時に幼い子がいるというのは不自然*である。この時、憶良は七十四歳であり、この年に憶良は没したと考えられるから、幼い子どもがいたというのは考えにくい。すでに見てきた子らを思う歌も含めて、なぜ憶良は幼い子どもたちを登場させたのか。

「出で走り去なな」というのは、この世をすてて、死のうと決意することである。日々の辛苦から逃れるために、いっそ死のうというのである。それを押しとどめたのが子どもであった。「児らに障《さや》りぬ」というのは、子どもが障害となり、目的が果たせないという嘆きである。

親の思いの障害となるものが、この子どもたちだというのであるが、それは愛するがゆえである。子は子宝といわれ、何物にもかえがたい宝である。その宝ゆえに親は迷うのであり、その迷い*の中に、人は生きなければならないというのである。

憶良は、じつに過酷《かこく》なほどに、人生の苦しみの中にいる。だが、それは憶良個人の苦を問うものではあるまい。人は誰しもこのようなのだという普遍的な問題を、これらの作品を通して訴えているように思われる。

*不自然―憶良の詠む子どもは、作品上の素材として扱われている。子どもを通して、愛を問題とするためである。

*迷い―人間が陥る迷妄の世界。仏教では悟りを妨げるものとする。

30

荒《あら》栲《たへ》の布衣《ぬのきぬ》をだに着《き》せかてにかくや嘆《なげ》かむせむ術《すべ》をなみ

【出典】万葉集巻五「老《お》いたる身に病《やまひ》を重ね、年を経《へ》て辛苦《たしな》み、及《また》、児等《こら》を思《しの》へる歌七首〔長一首短六首〕」九〇一

粗末な衣服さえも子らに着せることができずにいるので、このように嘆くのであろうか。どうしようもなくて。

老いたる身に病を重ねた時の歌の、反歌の四首目。荒栲は、荒い繊維《せんい》の布。栲は木の皮から取った繊維。古代では、梶《かじ》や楮《こうぞ》の木、あるいは藤などの蔓《つる》の皮から繊維を取って衣服を作った。こうした衣服は、農民・漁民たちの日常の作業服であるが、また下層階級の者の着る服でもあった。憶良は、それすらも愛する子どもに着せられないのだ、と嘆くのである。

しかし、憶良は従五位下ではあるといっても、当時の貴族*階級の一員であ

＊貴族―当時の法律では、従五位下から貴族となることができた。

り、国守《こくしゅ》までもつとめている。それが下層階級の者の着る服すらも着せられずに、このようにして嘆くのだというのは、いかにも不自然であろう。そのことから考えると、この歌は憶良の体験をうたっているものではないという結論になる。それでは、この歌は何を目的とした歌であるのだろうか。

題詞によれば、この歌は老身と重病の身で、子どもを思うというのが主旨である。この子が憶良の子でないとすれば、それはこの作品の上に想定された、意図的な子どもであろう。その意図というのは、この世に生きる者にとっての、辛苦のきわまりという問題提起にある。そのような問題の提起は、空想ではなく、この時代に存在した下層民の現実である。彼らは人間としての尊厳もないままに、現実を受け入れて生きていた。

ここには、人間としての尊厳がなくとも、生きなければならない人間がいることを、このようにして見つめる憶良がいる。そのことを考えると、かわいい子どもにまともな服すらも着せられずに、貧しく尊厳もなく生きることの意味とは何かを、この作品を通して問いかけているのだといえる。これは個人憶良を離れて、生の苦はつねに因果《いんが》として、人の身に現れるのであり、それに対しては、ただ声を上げて泣くしかないのだというのが答えである。

＊因果──仏教でいう原因と結果。

31

世《よ》の人の　貴《たふと》び願ふ
七種《ななくさ》の　宝もわれは
何為《なにせ》むに
わが中の　生《うま》れ出《い》でたる
白玉《しらたま》の　わが子古日《ふるひ》は
明星《あかほし》の　明《あ》くる朝《あした》は
敷栲《しきたへ》の　床《とこ》の辺《へ》去《さ》らず
立てれども　居《を》れども
共に戯《たはぶ》れ
夕星《ゆふづつ》の　夕《ゆふべ》になれば
いざ寝《ね》よと　手を携《たづさ》わり
父母《ちちはは》も　上は勿放《なさか》り
三枝《さきくさ》の　中にを寝むと
愛《うつく》しく　其《し》が語《かた》らへば

世間の人が高価で、身に着けたいと願う
金や銀や真珠などの宝物は、
私に何のたしになろうか。
我が子として生まれて来た、
白玉のような我が子の古日は、
明星の出る夜の明けた朝になっても、
まだ眠いよと布団の中でぐずつくのだが、
そんな古日と、立っていても座っていても、
一緒に戯れ、
夕星の出る夕方になると、
さあ寝ようと手を引いて、
「お父さんもお母さんも離れないで、
三つ枝の真ん中に寝る」のだと、
可愛らしくこの子が言うのを聞くにつけ、

何時《いつ》しかも　人と成り出でて
悪《あ》しけくも　よけくも見むと
大船《おほぶね》の　思ひ憑《たの》むに
思はぬに　邪風《よこしまかぜ》の
にふぶかに　覆《おほ》ひ来《き》ぬれば
為《せ》む術《すべ》の　方便《たどき》を知らに
白栲《しろたへ》の　手襁《たすき》を掛《か》け
まそ鏡《かがみ》　手に取り持ちて
天《あま》つ神　仰《あお》ぎ乞《こ》ひ祈《の》み
地《くに》つ神　伏《ふ》して額《ぬか》づき
かからずも　かかりも
神のまにまにと
立ちあざり　われ乞ひ祈《の》めど
須臾《しましく》も　良《よ》けくは無しに

何時しか大人になって、
どんな子になるのか、楽しみに見守ろうと、
大きな船に乗ったように安心していたのに、
思わぬことに横風が
突然に覆って来て、
どうしたら良いのか、なすすべも知らないままに、
白栲の襷を掛けて、
澄んだ鏡を手に取って、
天の神に仰いで無事を祈り、
地の神に伏して頭を地に押しつけて無事を祈り、
とにもかくにも、
神さまのままにと、
立ち乱れながら私は無事を祈ったが、
しかし、少しも良くはならずに、

漸漸《やくやく》に　容貌《かたち》くづほり
朝な朝な　言《い》ふこと止《や》み
たまきはる　命絶《た》えぬれ
立ち踊《おど》り　足摩《す》り叫《さけ》び
伏し仰ぎ　胸《むね》打ち嘆き
手に持てる　吾《あ》が児《こ》飛ばしつ
世間《よのなか》の道

次第に様子が変わり、
朝ごとに言葉も止んで、
ついには魂の極まる命が絶えてしまった。
立ち騒ぎ廻り足すりして叫び、
伏し仰いでは胸をうち叩いて嘆いた。
大切に手の中で守ってきた我が児を、亡くした。
これが世間に生きるということなのだ。

【出典】万葉集巻五「男子《をのこ》の、名は古日《ふるひ》に恋《こ》ひたる歌三首〔長一首短二首〕」九〇四

題詞《だいし》には、男の子の古日を恋い慕う歌だとある。美しい白玉のように生まれた古日という男の子は、両親に愛されて育つが、突然の病により亡くなる。その深い嘆きをのべたのが、この歌である。

この作品は、製作がいつか不明*であるが、憶良の作品が晩年の五年間に集中していることを思うと、これも晩年の作品と推測される。また、古日とい

＊不明―この作品の注に、「作者は不明だが、憶良の作品に似ている」とある。

う子どもは、この歌の世界では憶良の子であると思われるが、他人の子という意見も見られる。

憶良晩年の作品とすれば、ここに幼い子が登場するのは不自然であると思われ、過去の体験か、他人の子か、あるいは創作ということになる。

憶良は、愛の中でも子どもを愛する以上の愛*はない、とのべている。世間の人は、誰でもが子どもを可愛いと思い、無償《むしよう》の愛を尽くす。そのような愛すべき子どもが、幼くして死んだのである。両親には、愛する子がどのように成長するのか、いい子に育って欲しいと願うのであるが、ともかく長い目で見つめていようと思っていたという。その子が病となり死を迎えたのであり、両親にとってはこれ以上の深い悲しみはない。

その悲しみの表現は、走り回って嘆き、寝転がって足を擦《さす》っては、大声で叫び、地に額《ひたい》を押しつけ、天を仰ぎ祈り、胸を叩いて嘆くのだと描かれる。また、生前の子どもにたいする表現は、夜があけても床を去らず、母親と戯れ、夕方になると一緒に寝ようといっては、両親の手を引いて床に行き、川の字になって寝るんだと、かわいい声で言うのだったと描かれる。

この二つの表現には、憶良の観察力がよく見てとれる。

*愛―「子等を思へる歌」（万葉・五・八〇〇）の序文。

子への愛による両親の幸福な姿と、死の凄絶《せいぜつ》な悲しみとを、このようにするどい観察の中にとらえられることで、この作品はたしかなリアリティを獲得しているといえる。

しかしながら、憶良はなぜこのような幼い子どもの死の姿を、執拗《しつよう》に描く必要があったのか。そこには、子どもが死へといたる様子を、「しだいに容《よう》貌《ぼう》が失われて、朝ごとに子どものかわいい声も聞こえなくなり、ついには魂《たましい》が極まって、死んでしまった」と、リアルに描くのである。

このような現実意識は、憶良における表現の特質ではあるが、それを憶良の特質のみで説明することは不十分であろう。

ここには死の姿を観想《かんそう》としてみつめる、仏教の想観法《そうかんほう》による理解があるように思われる。いわゆる、＊死観想《しかんそう》である。これは敦煌文書《とんこうもんじょ》に多く見られるものであり、生観想《せいかんそう》と死観想《しかんそう》とがある。生観想とは生まれてから死ぬまでの人の姿を想像するものであり、死観想とは死から白骨となるまでを想像する観想（観相とも書く）法である。幼い子の死に行く姿を描くのは、生観想から死観想へと至る姿を描いたものと思われる。「九相観序《くそうかんじょ》」には、「この世界は迷いや夢で出来ているものであり、生死の往来するところであり、そこでは

＊死観想—死の姿を想像する方法。仏教では、肉体への執着を断つために教えた。

長く愛河に沈没し苦海に漂流する」のだという。また「知恵ある者は、急ぎここから逃れるべきだ」ともいう。愛という執着を断つことを教える、仏教の思想である。しかし、最愛の子への尽きないいとおしみと、最愛の子を喪うという、なすすべのない悲しみは、たとえ貴い教えを理解したとしても、それは救われることのない、苦しみの姿なのだというところに憶良の思いがあったように思われる。

この歌で憶良は、子への愛というのは、子への慈しみと、死の悲しみという二つの中にあることを示したのではないか。愛とは、愛するとは、必ずしも喜びのみにあるのではない。愛する者の別離は、それ故に悲しみも深い。愛とはこの両極の中にある。

憶良は、つねに二つの対立する項目を選択して作品を創作する。ここでは、愛と死という対立である。それはこの世に生きる人間が背負う、*愛別離《あいべつり》苦《く》の姿であり、その苦しみに対しては、激しく嘆き哀しむことしかできないのだという。それが、憶良のいたりついた心境であったといえる。

＊愛別離苦—愛する者が別れる苦。仏教のいう、八苦の一つ。

32

稚《わか》ければ道行《みちゆ》き知らじ幣《まひ》は為《せ》む下辺《したへ》の使負《つかひお》ひて通《とほ》らせ

【出典】万葉集「男子《をのこ》の、名は古日《ふるひ》に恋《こ》ひたる歌三首〔長一首短二首〕」巻五・九〇五

幼い子であるので、どの道を行くのか分からない。賄賂を上げるから、黄泉の使いよ、背負って行ってはくれまいか。

古日《ふるひ》の歌の反歌の一首目。まだ古日は幼いので、死者が行くべき道は知らないのだという。それで幣*、すなわち賄賂《わいろ》をあげるから、地下から迎えにくる者よ、背負って連れて行ってくれと頼む。幣が「まひ」といわれるのは、神に願い事をするときに幣を奉ることによる。旅の安全を祈る時に、布の切れ端《はし》などを道の神に捧げるのが幣である。これが「まひなひ」というように使われて、賄賂という意味になるが、本来は神への捧げ物のことである。

*幣―神に祈る時に使われる払いの道具は、ヌサと呼ばれる。

憶良の時代には、死者が行くところは地下にあると考えられた。これは中国の黄泉《こうせん》の思想と、仏教の地獄の思想とが合わされたことによる。いずれの思想も、死者の行くところは地下世界であるが、さらに地下には人間の行いを裁く地獄の王様がいるという。これは、仏教の思想により説かれた。

この歌には反歌がもう一首あり、次のように歌*われている。

布施《ふせ》置きてわれは乞《こ》ひ禱《の》む欺《あざむ》かず直《ただ》に率去《ゐゆ》きて天路《あまぢ》知らしめ

お布施をするから、欺《だま》さずに子どもを天へと連れて行って欲しいと願う。黄泉に対して、今度は、死者は天へと向かうという。二つの歌には、矛盾が見られるが、おそらく、死者はあの世の旅をして、地下の王様のもとに至り、この世での善悪の裁判をうけるのであろう。その裁判の判決も出て、子どもであるので問題なく天に生まれることができるだろうから、欺《だま》さずに使いの者は、子どもを背負って、天へと連れて行ってくださいということである。幣が賄賂となるのは、ここにある。地下の使いの者が、死者を欺すというのは、死者が恐ろしい鬼*だからであり、その鬼に賄賂を贈り、背負って天へと無事に連れて行ってくださいという。なにかしらユーモラスではあるが、親としての真剣な思いが描かれている。

*歌―万葉・五・九〇六。

*鬼―仏教の地獄絵には、死者を連れて行く鬼が見られる。

33

士《をのこ》やも空《むな》しくあるべき万代《よろづよ》に語《かた》り続《つ》くべき名は立てずして

【出典】万葉集巻六「山上臣憶良の痾《やまひ》に沈《しづ》みし時の歌一首」九七八

――男子たるもの、空しくあって良いものだろうか。万代にも語り継がれる、立派な名をも立てないで。――

題詞《だいし》には、憶良が重い病となった時の歌だとある。また、左注《さちゅう》には、藤原八《や》束《つか》の使いである河辺東人《かわべのあずまひと》が、憶良の病気を見舞いに訪れたことがあり、お礼の言葉をのべた後に、涙を拭《ふ》いて悲しみ詠んだ歌だとある。天平《てんぴょう》五年（七三三）に詠まれたとすれば、最晩年の作である。藤原八束は時の権力者である*房前《ふささき》の息子であり、八束はこのころ十九歳の青年であった。おそらく、青年八束は、憶良の外国経験や学問に敬意を表していたのであろう。

＊房前―藤原鎌足の孫で不比等の子。

「士」というのは、立派な男子という意味であるが、具体的には貴族の身分の上に、読書人で教養があり、志の高い者を指す。中国では士大夫《したいふ》といい、官僚としての基準であった。古代日本では、家柄による人事が優先していたことから、こうした士大夫という考えは希薄であった。そのことから、憶良の歌う内容は、古代日本の官僚の一般的な志ということではない。それをあえて士の志として述べたのは、特別な考えがあったからだといえる。

その特別な考えというのは、「士」とは万代にも語られるような、立派な名前を立てることだというところにある。これは、儒教の孝の思想*にもとづくものである。当時の朝廷では、儒教の根本聖典である『孝経《こうきょう》』*という本を、学生《がくしょう》のカリキュラムに義務づけており、庶民の教養としても強要した。その聖典には、孝行の始めは、親にもらった身体に傷をつけないこと、孝行の終わりは、立派な名を立てて、親を喜ばせることだと説いている。

憶良の涙は、長い人生を生きつつも、ついに親を喜ばせるような名を立てられなかった悲しみによる。それを八束へ辞世の歌として贈ったのは、孝の思想を理解する、若い八束への応援歌だったからに違いない。

＊孝の思想―親が生きている内は、遠くへ行ってはならないなどの教え。

＊孝経―孔子と弟子とが、孝行について問答した記録。

34 天《あま》の川相向《あひむ》き立ちてわが恋《こ》ひし君《きみ》来《き》ますなり紐《ひも》解《と》き設《ま》けな

【出典】万葉集巻八「山上臣憶良の七夕《しちせき》の歌十二首」一五一八

天の川を挟んで互いに向き合い長いあいだ待っていたが、私の恋い慕うあなたがいらっしゃるようだ。急いで紐を解いて用意をしましょう。

七夕《たなばた》の祭りは、中国の＊七夕《しちせき》伝説にはじまる。それが日本に受け入れられたのは、七世紀後半と思われる。天平《てんぴょう》六年（七三四）七月七日に、朝廷で相撲の節会《せちえ》があり、夜に七夕の宴が開かれて漢詩が詠まれている。しかし、これ以前に民間でも宮廷でも、七夕の祭りが行われていた。すでに七世紀後半に活躍した柿本人麿《かきのもとのひとまろ》の歌集には、七夕の歌＊が多く見られ、＊懐風藻《かいふうそう》にも七夕を題とした漢詩が見られる。もともと中国伝来の伝説であるから、漢詩世界で受

＊七夕伝説―牽牛と織女の恋物語。

＊歌―人麻呂歌集の歌に、「庚申の年作る」とあり、天武九年（六八〇）と思われる。

＊懐風藻―16脚注前出。日本最初の漢詩集。

け入れられたのだが、この伝説の内容が古代の男女の強い関心をひいた。

その関心というのは、恋の悲しい物語にあった。牽牛《けんぎゅう》と織女《しょくじょ》の愛する男女が、天帝の命令で天の川を挟み別離させられ、七月七日の夜にしか逢うことができないという、悲恋の物語である。その悲恋に同情し、七夕の夜は地上の男女が、二星の思いをわが事として恋歌を交換する夜であった。

この歌は、憶良が*皇太子の*侍講《じこう》であった養老六年（七二二）ころの七夕の宴に詠まれた。左注に「令《れい》に応じる」とあり、令は皇太子の命令に応じることである。その求めに応じた憶良の歌は、恋しい夫が来たようだから、着物の紐《ひも》を解いて準備しましょうという、ずいぶん露骨な織女の気持ちを歌う。これはあきらかに、若い皇太子の笑いを意図したものである。

このような歌を詠むには、それなりの理由がある。皇太子は東宮《とうぐう》と呼ばれ、東宮には*文芸サロンが存在した。この東宮サロンは漢詩や歌を中心とする、文芸創作の場でもあった。ここに出入りする歌人や詩人たちは、若い皇太子を楽しませるために、さまざまな作品を披露した。憶良の歌をみると、憶良は堅物《かたぶつ》などではなく、臨機応変に芸のできる歌人であったのだ。

＊皇太子―後の聖武天皇。
＊侍講―教育係。
＊文芸サロン―文芸の場。親王や皇女あるいは貴族の邸宅にも存在した。

35

ひさかたの天の川瀬《かはせ》に船浮《う》けて今夜《こよひ》か君《きみ》が我許《わがり》来《き》まさむ

【出典】万葉集巻八「山上臣憶良の七夕《しちせき》の歌十二首」一五一九

遠い空の彼方の天の川。その川の瀬に船を浮かべて、今夜、あなたは私のもとに来てくれるでしょうか。

この歌は、左注《さちゅう》に神亀《じんき》元年（七二四）七月七日の夜に、左大臣《さだいじん》の宅で詠んだとある。左大臣は文人宰相《さいしょう》と呼ばれる長屋王《ながやおう》のことであり、五年後の天平《てんぴょう》元年（七二九）に、長屋王事件*が起きて、無実の罪で殺された。左大臣*は、いまの総理大臣に相当し、最高権力者の地位にあった。

その長屋王は、平城京の北側の佐保《さほ》の地に作宝楼《さほろう》という別荘を持ち、季節ごとに、詩人や外国の使節を招いて詩の宴会を開いていた。そこは作宝楼サ

*長屋王事件―長屋王は、左道を学び天皇を呪詛したという密告により、自尽させられた事件。

*左大臣―太政官のもとに、左右の大臣が置かれ、左大臣が上位。官位制では二位クラス。

ロンであった。当時の権力者のたいせつな教養は、漢詩が詠めることであったが、憶良はこのサロンに招かれたのである。

旧暦の七月は初秋にあたり、空は澄みきるころ。天上では、天の川がきれいに見える季節である。七夕の夜には、貴族たちの家で詩や歌の宴会が開かれ、庶民たちは機織《はたお》りや刺繍《ししゅう》の上達*を祈り、彦星と織女とが出逢うという天上のロマンスを楽しむ夜であった。長屋王サロンは、ほんらい漢詩を詠むはずであるが、この時の憶良の歌を見ると、漢詩のみでないことがわかる。

すでに七夕の伝説は、中国風から日本風なものに、大きく変化しつつあった。中国では、織女が鳳《おおとり》*の引く車に乗り、天の川を渡って彦星のもとを訪れるという。日本では彦星が船に乗って天の川を渡り、織女のもとを訪れるのである。この歌では、彦星の訪れを待つ、織女の立場でその気持ちが歌われ、今夜、本当にあの人は、わたしのところに訪れてくれるのかという。そうした不安は、地上の女の思いをも重ねたものであり、天上のラブロマンスは、現実の男女の妻問いの歌から発想されていたのである。

長屋王のサロンでは、漢詩のみではなく、このような彦星と織女とのラブロマンスも歌われて、古代貴族サロンの文雅の世界を彩った。

*上達―七夕は乞巧奠（きっこうてん）ともいわれ、機織りの上達を願う祭りでもある。

*鳳―想像上の鳥。鳳凰。また、鵲（かささぎ）が、橋となり織女を渡すともいう。

36 秋の野に咲きたる花を指《および》折りかき数《かぞ》ふれば七種《ななくさ》の花　その一

【出典】万葉集巻八「山上臣憶良の、秋の野の花を詠《よ》める二首」一五三七

秋の野に咲いている花を指折り数えると、七種類の花がある。　その一

日本人が高度に組み立てられた季節を理解するようになるのは、中国から暦が入り、一年が四季により区分されることを知ってからである。文学の方面では、まず天智天皇《てんち》*の時代に、百済《くだら》からの渡来人が天智朝に仕え、漢詩文化を興したのである。それ以後に漢詩の知識を持った歌人たちが、歌に漢詩*の素材を取り入れて、季節を表現するようになる。

憶良の時代には、暦への意識や四季への意識が定着し、歌においても季節

＊天智天皇―在位六六二〜六七一。

＊漢詩の素材―たとえば、梅に鶯を取り合わせた歌。

の風物を積極的に詠むようになる。春は梅、夏はホトトギス、秋はモミジ、冬は雪というように、日本人の季節感が定着した。その結果として季節の雑《ぞう》歌《か》や季節の相聞歌《そうもんか》が詠まれて、季節分類*が可能になるほどの季節の歌が多く詠まれたのである。そのなかでも、春の歌と秋の歌が大半を占めたのは、この二つの季節に、すぐれた風物が豊であったからであり、しだいに花鳥風月*という、日本人好みの季節感へと成長していくのである。

憶良が秋の野に出て、指折り花の数を数えるというのは、こうした背景がある。野には季節ごとに花が咲き乱れ、それを美しいと観賞する。憶良の時代に季節感が成立することにより、季節に特有な風物が選択され、季節の風物を賞美したり、観賞するということが可能になったのである。

ところで、一つ一つの花を指折り数えると、七種類の花が咲いているという。現実的には、秋の野に七種類以上の花が咲いていたはずであるが、七種類だとしたのは、なぜか。この七という数は、仏教でいう金銀・瑠璃などの七種の宝*から来ている。しかし、それは愛着を示すものであるから、棄てよというのが仏の教えである。そうした七種の宝を、野に咲く花に求めたのが憶良である。憶良は野の花を指折り数え、七種の宝としたのである。

*季節分類―巻八・巻十にこの分類が見える。

*花鳥風月―季節の特別な風物の代表。雪月花も同じ。

*七種の宝―憶良は金銀玉よりも子が良いといい（子等を思ふ歌）、子宝に比べると、七種の宝は価値がないという（古日の歌）。

37

萩《はぎ》の花尾花《おばな》葛花《くずばな》瞿麦《なでしこ》の花　女郎花《をみなへし》また藤袴《ふぢばかま》朝貌《あさがほ》の花　その二

【出典】万葉集巻八「山上臣憶良《やまのうえのおみおくら》の、秋の野の花を詠《よ》める二首」一五三八

秋の野を見渡すと、萩の花、尾花、葛花、撫子の花、そして女郎花の花が咲いている。また藤袴、朝顔の花が咲いている。　その二

秋の七種《ななくさ》*を詠んだ歌の二首目。旋頭歌《せどうか》*体の歌。ここに選択された七種類の花により、秋の七種として有名になった。萩は山野に群生し、細長い枝の先に薄い赤色の小花をたくさんつける。生活用材や家畜の飼料に用いられた。万葉集の中で、もっとも多く詠まれ、庭に植えて観賞用ともした。尾花は薄《すすき》が生長して、穂の部分が狐のしっぽのようになったもの。茅《かや》などとともに、建材として使用された。葛は、山野に繁茂する蔓性《つるせい》の植物。薄紫の花をつ

＊七種―ななくさ。七種類の意味。
＊旋頭歌―五・七・七、五・七・七の形式の歌。

け、香りがよい。蔓から糸を取り、根*は粉にして食用とする。瞿麦は撫子《なでしこ》*で、山野や川原に多く見られる背の低い花で、奈良時代には庭に植えて観賞用にされた。初秋に淡紅色の五弁の花をつける。女郎花は山野に群生し、人の背丈ほどに伸び、黄色い花をつける。藤袴は山野に見られ、薄い藤色をした花。朝貌は不明で、諸説ある。今日の朝顔は、後世に輸入された花である。ここでの朝貌は、キキョウ、ムクゲ、ヒルガオなどが推測されている。

ところで、萩や尾花や葛は、生活上に有用な植物であった。それに対して撫子以下の花は、なぜ選択されたのか。これらの草花に限らず、古代に見える植物は、実用的なものであり、とくに薬用としてのものが多い。万葉集に詠まれた植物も、もともとは花を観賞するよりも、薬用として発見されたものなのである。撫子も女郎花も、また藤袴も利尿剤《りにょうざい》*としての薬効があった。葛も、風邪を引いたときに飲む葛根湯《かっこんとう》であり、これは今でも普通に風邪薬として用いられている。憶良が七種類の草花を選択したのは、もちろん実用的な植物としての意味をこえて、それを観賞するという態度にあることが知られる。ただ、藤袴が万葉集で一例しか見えないことを考えると、憶良は利尿関係の病に悩んでいて、薬効のある花を数えたと考えられる。

＊根—葛の根は、粉にして葛餅にする。
＊撫子—子を撫でるような、可愛い花の意。
＊利尿剤—腎臓における尿の生成を促進する薬。

大君《おほきみ》の遣《つかは》さなくに情出《さかしら》に行きし荒雄《あらを》ら沖《おき》に袖振《そでふ》る

【出典】万葉集巻十六「筑前国《ちくぜんのくに》の志賀《しか》の白水郎《あま》の歌十首」三八六〇

天皇が命じて派遣したわけではないのに、自らの心で漕ぎ出ていった荒雄が、沖で溺れて手を振っている。

この歌には、左注《さちゆう》がある。それによると、*神亀《じんき》年中に、大宰府の筑前《ちくぜん》の国宗像《むなかた》郡の百姓である宗形部津麿《むなかたべのつまろ》が、*対馬《つしま》に食糧を送る船の舵師《かじし》に充てられた。だが、津麿は老齢のために、この任務に堪えられないことから、友人である滓屋《かすや》郡志賀《しか》村の白水郎《*あま》の荒雄に替わってくれるように頼んだ。荒雄はその任務をこころよく替わったのだが、船が出発してまもなく暴風雨に遭い、船は没して荒雄は帰らぬ人となったという。それで荒雄の妻子らが、悲しみ

*神亀年中—七二四年から七二八年。
*対馬—長崎県に属する島。
*白水郎—中国沿海の漁民をいうのにならった表記。

嘆いてこの十首の歌を詠んだと伝える。また、ある伝えによれば、憶良が妻子を気の毒に思い、その気持ちに替わって詠んだのだともいう。

この話は神亀年中のことではあるが、憶良が筑前の国守として着任時の事件なのか、あるいはそれ以前のことであるのか不明である。しかし、憶良はこの事件についての詳細な情報を得て心を打たれ、残された妻子の深い悲しみに同情して、この歌を詠んだものと思われる。

ここで憶良は、荒雄の態度をサカシラ*（情出）だという。心から進み出て、善行をするのが情出である。荒雄は天皇から命じられたのではなく、友人の頼みを進んで引き受けた。それをサカシラだというのは、そこにいささかの非難がある。サカシラというのは、心から進み出て立派な行いをすることではあるが、行き過ぎると愚かな行為ともなるからだ。荒雄はいくら友人のためとはいえ、そのことにより自分の命を失い、さらには妻子を路頭《ろとう》に迷わせる結果を導いたのであるから、あきらかに愚かな行為であろう。

その愚かな男の荒雄が、海に没して沖に漂いながら、妻子との別れのために手を振っているという。荒雄への非難をこめながらも、憶良は荒雄をあわれみ、荒雄のための鎮魂《ちんこん》の歌を詠んで妻子の悲しみを慰めたのである。

＊サカシラ―旅人の「酒を讃める歌」に、「賢良」をサカシラとよむ例がある。立派な人物をほめる言葉であるが、その裏には揶揄も含まれる。

39

荒雄《あらを》らは妻子《めこ》の産業《なり》をば思はずろ年《とし》の八歳《やとせ》を待てど来《き》まさず

【出典】万葉集巻十六「筑前国《ちくぜんのくに》の志賀《しか》の白水郎《あま》の歌十首」三八六五

荒雄は、妻や子どものたちのなりわいを、思わないのだろうか。もうあれから八年も待つのに、まだ帰ってこないことだ。

志賀の白水郎《あま》の歌の六首目。荒雄はあれから八年もたつのに、いまだ帰って来ないという。彼は妻子の生業《なりわい》＊など、思ってもいないのかと非難する。ただ、左注《さちゆう》には荒雄が津麿《つまろ》に替わって任務を引き受けた、詳しい経緯《いきさつ》が書いてある。それによると、「わたしたちは、それぞれ住む処を異にしてはいるが、一緒に船に乗って仕事をすることが多い。だから気持ちは兄弟よりも厚く、もし死ぬようなことがあったとしても、どうして願いを断ることがで

＊生業—生活のための仕事。

きようか」といったというのである。荒雄は津麿との友情を重んじ、それで危険な任務を引き受けたのである。その結果として、荒雄は暴風雨に遭い、海に没することとなり、妻子を路頭《ろとう》に迷わせる結果となった。

この左注から判断すると、憶良は二つの問題を提起しているのではないか。一つは、たとえ危険な仕事でも、友情を重んじることの大切さ、一つは、友情よりも、妻子の生活を守ることの大切さ、についてである。荒雄は友情を重んじ、死ぬようなことがあっても断ることはできないといって、友人に替わったが、そのために妻子を苦しめることとなった。憶良はそのような荒雄にたいして、それを「*情出《さかしら》」であると非難したのである。このことから、憶良は、家族をなによりも大切にすべきだと主張しているのである。

このような問題は、当時の律令《りつりょう》に、「*篤道《とくどう》の者を推薦せよ」とある規定と関係する。国は、孝行な子ども、夫を失った貞節《ていせつ》な妻、困窮者《こんきゅうしゃ》を救った善行の者などを推薦すれば、報償《ほうしょう》を与えるという。この法律により、篤道の者が村から*推薦されている。荒雄も、友情に厚い者として推薦されたに違いない。この作品は、憶良がその推薦書を目にして荒雄の事件を知り、憶良らしい家族重視の視点から、この問題に答えたものと思われる。

＊情出—万葉・巻十六・三八六〇、同・三八六四の歌に見える。

＊篤道—その道で、良いことをすること。

＊推薦—『続日本紀』に例が見える。

歌人略伝

憶良の生年は、斉明《さいめい》天皇六年（六六〇）と思われる。前半生は未詳であるが、天智《てんち》二年（六六三）に朝鮮半島では新羅《しらぎ》と百済《くだら》との戦争があり、日本と同盟国の百済が滅亡した。その時、百済から亡命して来た渡来人《とらいじん》の子という説が有力である。彼が歴史書（『続日本紀《しょくにほんぎ》』）に登場するのは、大宝《たいほう》元年（七〇一）の遣唐使派遣の名簿に「少録山於億良《しょうろくやまのうえのおくら》」とあるのが最初である。時に四十二歳で初老に属する年齢であるが、少録（書記次官）は漢文の高い教養が求められたことからの抜擢《ばってき》であった。そこには憶良の前半生の努力がしのばれる。初出の名が「山於億良」であるのは、近江の山のほとりに住んだので山於（上）となり、億は豊かさを願う幼名であった。渡来人が官僚となる近道は、国家事業に写経《しゃきょう》という仕事があり、憶良は二十年に及ぶ写経生を経て、この栄誉を獲得したのである。憶良が唐から帰国したのは、慶雲《けいうん》元年（七〇四）と思われる。以後、和銅《わどう》七年（七一四）に従五位下、霊亀《れいき》二年（七一六）に伯耆守《ほうきのかみ》、養老《ようろう》六年（七二二）に「令侍東宮《れいじとうぐう》」（皇太子の教育係）となる。神亀《じんき》三年（七二六）には筑前守《ちくぜんのかみ》となり大宰府《だざいふ》へと向かう。二年後の神亀五年に、六十六歳の大伴旅人《おおとものたびと》が大宰府の帥《そち》（長官）として着任する。この時に同行した旅人の妻が病没したことを契機に、憶良は慰めの歌を旅人に贈り、二人の歌の交流が始まる。以後、憶良の作品は筑前守時代に多く詠まれ、天平《てんぴょう》四年（七三二）に帰京し、「貧窮問答《ひんきゅうもんどう》の歌」などが作られ、天平五年の最晩年には漢文作品や漢詩などの力作を創作し、間もなく没した。作品には子や家族への愛、生きることの意味を問う内容が多く、渡来人としての憶良の過去が大きく反映している。

略年譜

年号	西暦	年齢	憶良の事跡	歴史事跡
斉明六年	六六〇	1	この年誕生か	百済日本に救援を乞う
天智二年	六六三	4	憶良日本に亡命か	百済滅亡
持統八年	六九四	35		藤原京遷都
文武元年	六九七	38		持統譲位・文武即位
大宝元年	七〇一	42	遣唐少録・紀伊行幸従駕	大宝律令成立
二年	七〇二	43	遣唐使出発	持統没・中国則天武后
三年	七〇三	44		持統火葬
慶雲元年	七〇四	45	憶良帰国か・正六位上か	
四年	七〇七	48		文武没・元明即位・副使帰国
和銅元年	七〇八	49		和銅銭流通
三年	七一〇	51		平城遷都
五年	七一二	53		古事記成立
六年	七一三	54		風土記撰進の詔
七年	七一四	55	従五位下	

霊亀元年	七一五	56		元明譲位・元正即位
二年	七一六	57	従五位下・伯耆守	
養老二年	七一八	59		養老律令完成
四年	七二〇	61		日本書紀成立
五年	七二一	62	従五位下・令侍東宮	
七年	七二三	63		常陸風土記成る
神亀三年	七二六	67	従五位下・筑前守か	山部赤人・高橋虫麿・行基活動
五年	七二八	69		大伴旅人大宰帥か
六年	七二九	70		長屋王事件・天平に改元・光明子立后・藤原四氏台頭
天平二年	七三〇	71		正月梅花の宴・旅人帰京
三年	七三一	72		旅人没・大伴坂上郎女活動・聖武天皇宸翰雑集成る
四年	七三二	73	従五位下・帰京か	藤原宇合西海道節度使
五年	七三三	74	従五位下・この年に死去か	遣唐使出発・出雲風土記等成る

解説

「生きることの意味を問い続けた歌人　山上憶良」――辰巳正明

はじめに

古代歌謡の時代を経て、歌聖《かせい》と呼ばれた柿本人麿《かきのもとのひとまろ》が登場することにより『万葉集』は大きな変革を遂げた。その歌のテーマは雑歌《ぞうか》・相聞歌《そうもんか》・挽歌《ばんか》に及ぶものであり、『万葉集』の三大部立《さんだいぶたて》を決定したといえる。その人麿と入れ替わるように、憶良が登場する。人麿の築き上げた歌の伝統の上に、極めて異質な歌の創作へと向かった。それらは家族への愛であり、道に惑《まど》った者への戒《いまし》めであり、貧しい者への同情であり、新しい律令《りつりよう》時代の幕開けの時代に、大きく変容する社会の問題を、庶民の側から考えるのである。ことのほか庶民が生きることの意味を問い続ける憶良文学は、日本文学史の上で異彩を放つものである。

子への愛を歌う

憶良という歌人を著名にしているのは、教科書にも取られるほどに、子を愛するマイホームパパというイメージからであろう。たしかに「宴《うたげ》を罷《まか》る歌」は、そうした憶良の歌人としての評価を決定づけたものである。

憶良らは今は罷《まか》らむ子泣くらむその彼《か》の母も吾《あ》を待つらむそ（三・三三七）

おそらく、筑前守《ちくぜんのかみ》の時に開かれた宴会での歌であろう。題詞《だいし》に宴会を退席する歌だとあるように、「わたくし憶良は、もうこの宴席を退席します。家ではかわいい子どもが泣いているでしょうし、その母もわたしの帰りを待ちかねていることでしょうから」というのである。宴会がたけなわの時に退席する理由は、酒が嫌いでも、人付き合いが悪いのでもなく、ただ家に幼い子があり、妻も待っているということにある。そうした理由で酒の席を退出する憶良は、家族思いの歌人として評価されることとなった。しかし、宴席を辞退するのに、なぜこのような歌を詠むのか。みんなが楽しんでいる席を、こっそりと抜け出すのが常識である。ここには、この歌が生まれる理由が別にあったのである。それは律令の時代を迎え、家の制度の改革により、今までとは異なる家族というのが誕生した。家族は家長《かちょう》を中心に、家長の父母・妻・子どもたちにより構成される。それまでの妻問《つまど》い婚とは大きく異なる家の成立である。家長は一家を構え家族を養うという新しい時代を迎え、その家では妻子が待っているのであり、家族の元へ帰るのが家長の責任となった。憶良は宴席の最後に、若い官吏《かんり》たちに代わり、新時代にふさわしい歌を詠み、宴席のお開きの歌としたのである。老齢の憶良が泣く子や妻を詠むことで、宴会も笑いの中でお開きとなったのである。

妻の死からの出発

憶良文学の出発は、妻の死にある。この妻は憶良の妻か上官大伴旅人《おおとものたびと》の妻か、長く論議されて来たが、神亀《じんき》五年（七二八）に大宰府の帥《そち》に着任した旅人は、同行して来た妻を亡くしており、旅人の妻だと考えられる。これを契機に憶良の文学は花開くのである。しかも、そこに作り上げられた作品は、無題の漢文序と漢詩であった。

蓋《けだ》し聞く、四生《ししやう》の起き滅《ほろ》ぶることは、夢の皆空しきが方《ごと》く、三界《さんがい》の漂《ただよ》ひ流るることは、環《たまき》の息《や》まぬが喩《ごと》し。所以《かれ》、維摩《ゆいま》大士《だいし》は方丈《ほうじやう》に在《あ》りて、染疾《せんしつ》の患《うれひ》を懐《だ》くことあり、釈迦《しやか》能仁《のうにん》は双林《さうりん》に坐《ゐま》して、泥洹《ないおん》の苦しみを免《まぬが》るること無し、と。（五・七九四前）

聞くところでは、すべての生命が生まれ死ぬことは、夢のように空しく、死後に漂流する魂は輪を回る如く止むことなく、それゆえに、維摩大士も病にかかり、釈迦も沙羅《さら》双樹《そうじゅ》のもとで死の苦しみから逃れられなかったという。ここに捉えられたのは、生死の極まりない道理であり、それは聖人・賢者も同じであること、時はたちまちのうちに過ぎ去り、だれ一人として永遠の命を保つことは出来ず、だから紅顔の妻もまた夫との約束を守り得ずに、あの世へと向かったのだと説く。この序文の最後に、漢詩が付けられている。

愛河《あいが》の波浪は已《すで》に滅《き》え、苦海《くかい》の煩悩《ぼんなう》も亦結《むす》ぼほることなし。
従来《むかしより》この穢土《ゑど》を厭離《えんり》す。本願《ほんぐわん》をもちて生《せい》を彼《か》の浄刹《じやうせつ》に託《よ》せむ。

この世にある者は、家族や宝石に愛着《あいじやく》を示して、愛の河に溺れることとなるが、死はその愛着を断ち、この世の苦しみや煩悩もふたたび結ばれることはない。もとよりこの穢土を逃れることを望んでいたので、いまは本来の願いである浄土に次の生を託そう、という内容である。おそらくこの漢詩は、死去した妻の立場であろう。死はこの世の愛欲からも煩悩《ぼんのう》からも解き放たれること、本来の生は浄土にあるのだというところに、憶良の思考の回路が読み取れるのであり、それは仏教思想と向き合う憶良の姿であった。

家族を棄てる

憶良は旅人の妻の死を通して、人間が生きることの意味を惑《まどい》・愛・無常という三つのテーマから問い始める。その一つは、父母や妻子を棄てて聖人になるための修行をするというある男のことである。そこで憶良は「惑《まと》へる情《こころ》を反《かへ》さしむるの歌」（五・八〇〇〜八〇一）を作り、男の惑いを戒《いまし》めるのである。その男は父母を尊敬しつつも養うことをせず、妻子は脱ぎ捨てた靴《くつ》よりも軽んじ、自ら倍俗《ばいぞく》先生と名告り、修行を積んで聖人になろうとしていた。しかし、これは山沢《さんたく》に亡命《ぼうめい》する民としか思われず、それで戒めの歌を詠むのだという。山沢亡命の民というのは、当時、武器や毒薬あるいは禁書《きんしょ》を持ち歩き、人を呪詛《じゅそ》する者たちで、朝廷では彼らを指名手配していた。ただ、この男の立場はもう少し純粋である。すぐれた聖人となり、多くの庶民の苦しみを救済することが目的なのだというのである。ただ、その理想の実現には、愛する家族を棄てなければならないということである。ここに憶良は家族を大切にして父親の役割を果たすべきか、はたまた、世間の苦しみにあえぐ多くの人々を救うべきかという、二つの問題を問いかけるのである。前者は儒教の教えであり、後者は釈迦の教えである。

子への愛

世間に生きることの中で、大切なことは家族への愛である。憶良はその愛の中でも子への愛がもっとも大切だという。それが二つ目のテーマである。よく知られている「子らを思《しの》へる歌」（五・八〇二、八〇三）では、金・銀・珠玉よりも子への愛がすばらしいことを歌うが、その漢文の序には、釈迦が衆生《しゆじよう》を思うことは子の羅睺羅《らごら》を思うようだと述べたといい、だから、世間の人で子を愛さない者などはいないのだという。もちろん、ここには論理のすり替えがある。羅睺羅という名は邪魔をする者の意であり、仏典によれば、釈迦は修道の邪魔となるのが子への愛であるから、一切の愛を棄てよといったのである。憶良が釈迦ですら子を愛したというのは、論理のすり替えではあるが、そこには家族ということへのこだわりが憶良にある。家族を棄ててまで、他人を救済することの意味は何か。むしろ、家族という愛の絆《きずな》の中に生きることの大切さ、それが憶良の立場であった。

老という苦

続く三つ目のテーマは、時が過ぎ行き老を迎えることの無常についてである。「世間《よのなか》の住《とどま》り難《かた》きを哀《かな》しびたる歌」（五・八〇四～八〇五）は、世間にあることは八大辛苦《はちだいしんく》を背負うことだという悲しみを詠む。八大辛苦とは仏教でいう四苦八苦《しくはっく》のことで、生・老・病・死の四苦に、愛別離《あいべつり》・求不得《きゅうふとく》・怨憎会《おんぞうえ》・五陰《ごおん》盛《じょう》の四苦を加えたのをいう。いわば、この世に生きる中で出会う大きな苦しみを指す。その四苦の中の老苦をテーマとして、人間の無常の姿を問うのである。

世間の年月はたちまちの内に過ぎ去り、若く綺麗《きれい》に装って楽しい時を過ごした女の子たちも、いつしか黒髪に霜が降り、顔には皺《しわ》が垂れる。若い男たちも馬に乗り遊び歩いた時も過ぎ去り、女の子を訪《と》い共寝《ともね》したのもいくばくもないのに、杖《つえ》を腰にあてがい、あちらに行くと嫌われ、こちらに行くと厭《いと》われ、老人というのはこのようなものでしかないのだと嘆くのである。このとき憶良は六十九歳であるから、このような嘆きは実体験のように思われるが、ここから導かれるものは、普遍的な人間の苦についてである。長生きはめでたいもの、周囲から祝福されるものとしてあり、老いを苦しみとする作品はなかった。その意味では憶良の実体験を越えて、老いは文学的テーマとしてここに成立したのである。

信義と孝行

憶良が筑前守の時に、二人の村人の死にであう。一人は、友だちの仕事に代わり、暴風に遭い船が沈没して死んだ海人《あま》の荒雄《あらお》という男である。題詞に「筑前国《ちくぜんのくに》の志賀《しか》の白水郎《あま》の歌」（十六・三八六〇〜三八六九）とあり、妻子が悲しみ詠んだというが、憶良がかわって詠んだものである。対馬《つしま》に防人《さきもり》の食糧を運送する仕事を任されている老人が、老齢のため無理なので替わって欲しいと頼まれての事故である。左注《さちゅう》にその事情を詳しく記すが、憶良の関心は、荒雄が友人との約束を実行した信義《しんぎ》にある。また、肥後《ひご》の国の大伴熊凝《くまこり》という青年が、相撲《すもう》の力士を引率する役人に同道して都へ向かう折に病死する。その話を伝え聞いた憶良は、「敬《つつし》みて熊凝《くまこり》の為に其《そ》の志《こころざし》を述べたる歌に和《こた》へたる六首」（五・八八六〜八九一）を作る。これには長い序文があり、青年が死ぬにあたり「死がある以上死ぬことはやむを得ないが、年老いた父母は私の帰りを待っているだろう、期日に帰らないと目がつぶれるような涙を流すだろう、二親がこの世で堪《た》えがたい苦しみをするだろう」といって嘆き死んだというのである。そこには憶良の創作も加わっているだろうが、このことを通して親への孝行と、孝行を尽くせずに死ぬ者の悲しみを捉えていることが理解できる。

貧窮問答

一般に憶良の「貧窮問答《ひんきゅうもんだう》の歌」（五・八九二〜八九三）は、任国の貧窮のさまを国に訴えた作品であるとされる。しかし、自国が貧窮であるというのは、国守《こくしゅ》が正しい行政を行わず、私腹を肥やしたことを意味するから、この考えは正しくない。もとより古代の村人の生活は均質であり、貧窮という概念は生まれない。貧窮という概念は、一つは政治哲学であり、一つは仏教哲学である。前者は、『古事記』や『日本書紀』に、仁徳《にんとく》天皇が即位《そくい》した時、国見《くにみ》をすると民のカマドから煙がなく、貧しいのだと思い三年の間、税を中止したという話がある。三年後に再び国見をすると、民のカマドから煙が立ち上り国は豊《ゆたか》になった。それで仁徳天皇を聖帝《せいてい》というのだとある。これは貧窮を救うのがすぐれた為政者《いせいしゃ》であるという、政治哲学である。一方、なぜこの世に貧窮の者がいるのかと問うのは仏教哲学である。その原因は因果《いんが》応報《おうほう》によるのであり、この世で貧窮なのは、前世で人に施しをしなかったからだというのである。その問答も、問いの男は世俗を棄てて貧窮の生活を誇りとする者であり、答えの男は因果応報により、この世で貧窮に苦しむ男である。この二人による貧窮をテーマとした問答がこの作品であり、ここには貧とは何かを問う憶良の姿がある。

死ぬのが嫌なら生まれるな

憶良の晩年は、死を憎み生を貪るという態度を貫く。人生の最後の年と思われる天平《てんぴょう》五年（七三三）には、遣唐大使に歌を献呈し、続いて漢文による「沈痾自哀《ちんあじあい》の文」（巻五）と、漢文の序と詩の「俗《ぞく》の道《みち》の、仮《かり》に合ひ即《すなは》ち離《はな》れ、去《さ》り易く留《とど》まり難《かた》きを悲しび嘆ける詩并《あは》せて序」（巻五）の作品を作る。この漢文作品は、病を得たことによる苦しみを述べながらも、病とは何かを、当時の得られる知識をかき集め、論じ尽くしているところに特徴がある。病の原因は鬼なのか飽食《ほうしょく》なのか、それとも過去の因果《いんが》なのか。ともかく生きられるならば、鼠の命でもいいのだという。なぜなら、死んだ王様など何の価値もないからだ。そうした命へのこだわりは、死の恐れへと向かい、死とは何かを問うが、そこから得られたものは、死は人の前に厳然としてあるという事実の確認であった。それゆえに「死をもし願わないのならば、初めから生まれなければ良かったのだ」という理解に及ぶ。時は無常に流れ、まるで浮雲のような生を思うと、心も力も尽き果てるのだという。そして憶良の絶筆と思われる作品が「老《お》いたる身に病《やまひ》を重ね、年を経《へ》て辛苦《たしな》み、及《また》、児等《こら》を思《しの》へる歌七首」（五・八九七〜九〇三）である。老いた身体に病が加わり、いくばくもない命であることさえ悲しいのに、病床の廻《まわ》りでは幼い子どもたちが騒いでいる。これらを残して死ぬことを思えば、さらに心は熱くなり、ただ声を上げて泣くしかないのだという。

晩年のこうした作品を読むと、そこには生きるとは何かを、凄絶《せいぜつ》ともいえる気魄《きはく》を以て問い続ける憶良の姿がある。たとえ、鼠の命でも良いから生き続けたいという迫力に圧倒されるが、そこから生きる意味が導かれたわけではない。生きていることに最大の意味を見出しているのであり、理屈ではない。そうした生への執着の中に、憶良晩年の作品があった。もちろん、憶良の作品はこれのみではない。七夕の夜に牽牛・織女の天上のロマンスをうたい、秋の野の花を七種類に決定した歌を詠んだのも憶良である。

読書案内

『山上憶良』中西進　河出書房新社　一九七三
憶良に関する最初の本格的な論。憶良渡来人説が、本書により説かれた。また、憶良の作品を文学として読む道を開いた。後に『中西進 万葉論集』（講談社）に収録。

○

『山上憶良　人と作品』中西進編　桜楓社　一九九一
憶良の出生、前半生、在唐時代、国司時代などの生涯を探り、各作品の秀歌鑑賞を載せる。広い読者を想定し、憶良の生涯と作品世界が、簡明に説かれている。

『憶良　人と作品』上代文学会編　笠間書院　一九九四
憶良と類聚歌林、憶良の言葉、沈痾と自哀、憶良と旅人、山上憶良と子等、憶良と仏教、国司憶良、憶良と死などの論文を収める。

『筑紫文学圏論　山上憶良』大久保広行　笠間書院　一九九七
憶良の生涯から説き、日本挽歌、子らを思う歌、貧窮問答歌などの、憶良作品の形成について詳しく説いている。また大伴旅人や大伴家持との関係も説いている。

『悲しみは憶良に聞け』中西進　光文社　二〇〇九
憶良渡来人説をあらためて考え、憶良作品の成立する環境や作品の特質を明らかにする。特に、憶良の作品がもつ人生の悲しみの意味をくわしく説いている。

○

『大伴旅人・山上憶良』（日本詩人選）高木市之助　筑摩書房　一九七二

大宰府で出会う旅人と憶良は、歌の世界で強い関係を結ぶこととなる。この二人の歌人の作品を重ねながら、作品成立の背景を明らかにしている。

『憂愁と苦悩　大伴旅人・山上憶良』村山出　新典社　一九八三

旅人・憶良の生涯から、二人が大宰府で出会うことにより、歌人として開花する過程や、作品の特質を分かり易く説いている。

『山上憶良を語る・大伴家持を語る』中西進　日本放送出版協会　一九九〇

「NKKこころをよむ」のラジオ放送のテキスト。憶良に関しては、「愛に苦しむ」「名声と栄達」「老いと病」「憶良の死生観」が載り、分かりやすく説かれている。

『憶良・虫麻呂と天平歌壇』井村哲夫　翰林書房　一九九七

天平時代の代表歌人として憶良と虫麻呂を取り上げる。憶良に関する論では、なぜ憶良は歌を必要としたのか、なぜ漢文の序を必要としたのかなどを説いている。

『万葉歌人の愛そして悲劇　憶良と家持』（NHKライブラリー）中西進　NHK出版　二〇〇〇

憶良と家持の作品的テーマを重ねながら、二人の歌人と作品の特質を説く。「愛と自然」「風土」「人間の宿願」「生老病死」「死生観」などを扱う。

『悲しみは憶良に聞け』（光文社、二〇〇九）

「士《をのこ》」として歩んだ生涯—みずからの死

中西　進

憶良は、「妻への愛とは何か」「子への愛とは何か」「夫に対する愛とは何か」ということをかなり雄弁に語っています。同時に、そうしたものへの愛も、つねに死によって悲しみにかえられてしまうという運命観もうかがえます。

憶良は生涯にわたって三つの死の悲しみをうたっています。妻の死の悲しみ、幼子《おさなご》の死の悲しみ、この二つを先立つ経験として最後に迎える、みずからの死です。

憶良の最後の歌とされているのが、「山上臣憶良の痾《やまひ》に沈みし時の歌一首」（巻六・九七八）です。ただし、重い痾にかかったときの歌というのですから、いわゆる辞世の歌ではありません。歌は次のとおりです。

士《をのこ》やも空しくあるべき万代《よろづよ》に語り続《つ》くべき名は立てずして

左注にはこの歌をつくったときの事情が記されています。

憶良は重病にかかっていました。そのとき藤原八束《やつか》がお見舞いの人を差し向けた。使者は河辺東人《かわべのあずまひと》。その東人にむかって憶良は歌をよんだ。「須《しまらく》ありて涕《なみた》を拭《のご》ひ、悲しび嘆きてこの歌を口吟《うた》へり」とありますから、しばしの沈黙の後、紙に書いたのではなく、涙ながらに口ずさんだのです。

あらためて歌の中身を検討してみましょう。

まず、「士やも空しくあるべき」とあります。男子たるもの、空しくあっていいだろうか。もちろん、空しくあってはいけない。では、何をもって「空しい」というのか。その答えが次に書いてある「万代に語り続くべき名は立てずして」です。のちの代までも語り継がれるような名を立てないことが空しい、といっています。

そうよんだとき、憶良はいろんなことを思い浮かべたと思います。

まずかれは「士」という前提を立てています。憶良の理想的自画像が「士」です。

ご承知のように、万葉時代には理想的な男子像がありました。人麿などが生きた七世紀は「益荒男《ますらお》」です。ところが、わたしが「戦後の時代」と呼んだ八世紀にはいると、理想像がかわってくる。今度は「雅男《みやびお》」です。優雅な男、閑雅な男、風流の男、これがいいということになる。これは国家の創世記から文化の爛熟期《らんじゅくき》へ向かっての変化と見ることができます。ですから、憶良が生きた天平時代は「雅男」であることが理想とされました。そのなかにあって憶良があいかわらず「士」を理想としたのは、やはりかれのなかに中国の官僚貴族（士大夫《したいふ》）をモデルと仰ぐ思想があったからだと思います。

じっさいに、そうした「士」にむかっての道のりがかれの生涯でした。

本書冒頭で指摘したとおり、四十二歳のときに遣唐使の最末端の役目をもらって中国へ渡るまで、憶良には家柄もなければ位もありませんでした。それから職もなかった。いわば無位、無姓、無職。そんな境遇から官僚機構にもぐりこみ、じょじょに出世して最後は筑前守。いまでいう福岡県知事です。そして従五位下という殿上人にもなれました。

かれの一生は刻苦勉励の歳月でした。四十二歳から七十四歳で亡くなるまで、まさに努力、努力の日々だったといっていいでしょう。

「所与《しょよ》」ということばがあります。みずから求めたのではなく、すでに与えられたもの、という意味です。そうした所与的な境遇のなかで憶良が見いだした命題が「士」だったのです。

そして一歩一歩、「士」にむかって歩んでいった憶良はいま、一応の目的を達成したかに見えます。しかし、それだけではまだ十分ではない。「万代に語り続くべき名」という、もうひとつの要素がなければいけないといいます。

あくなき生命力

憶良はなぜ「名」にこだわるのか—。

わたしは、どうもそういうところに憶良のあまり日本的ではない考え方があるように思います。憶良のいう「名」が、かならずしも中国における「名誉」すなわち「栄達」と重なるとはいえませんけれども、しかし、「士」として「名」を立てるという憶良の思いはいささか日本人ばなれしているように見えます。じっさい、『万葉集』にも「名に負ふ」とか「名をつぎゆく」といった表現がないわけではありませんが、そうした「名」は氏《うじ》の名であって、個人の名ではありません。ところが憶良は、個人の名声をさし、しかもそれを「立つ」べきものとしています。これは『万葉集』中、他に類例を見ない思想です。

　かれの考え方の基本には、理念化された人生観といったものがうかがえます。ただ出世すればいいとか、豊に生きられたらいいとか、あるいは楽しければいいというのではなく、つねに「かくあるべし」という思いがつきまとっていたように思います。「べし」ですから、英語でいうと「ハフトゥー」とか「マスト」。そうした観念が終始つきまとっていたといえます。

　げんに、先ほどの歌をよくよんでみてください。「士《をのこ》やも空しくあるべき万代《よろづよ》に語り続《つ》ぐべき名は立てずして」という具合に、「べし」ということばが二度も使われています。「かくあらねばならない」という思いがひじょうに強かったことは一目瞭然です。最後の歌に「べし」ということばがふたつも使われていることはいかにも象徴的です。

　しかも、「士やも空しくあるべき」とうたいだしています。――「士」が空しくあっていいのか。いや、いけない。生涯最後の結論が反語であるのも、いかにも「相克《そうこく》と迷妄《めいもう》」を繰り返した憶良にふさわしいように思えます。

　憶良がみずからの真実を尽くして生きてきたことはたしかです。七十歳になっても、七十四歳になっても、努力して生きた。そうして生きる目標が名を立てることでしたが、「悲しび嘆きて、この歌を口吟《うた》へり」とあるように、ついに名を立てることはできなかったと感じていたようです。それがかれの最後の絶望であり嘆きでした。

しかし、かれの本領はあくなき生命力にあります。すでに見てきたように、かれほど生命への執着を示す万葉歌人はいません。しかもいま、衰えていくわが命を直視しながら、なおも「士やも空しくあるべき」と歌いつづけるのです。

辰巳正明（たつみ・まさあき）
＊1945年北海道生。
＊成城大学大学院修了。
＊現在　國學院大學名誉教授。
＊主要著書
『万葉集と中国文学』（第一・二）『詩の起原』『詩霊論』『折口信夫』『万葉集に会いたい。』『短歌学入門』（以上、笠間書院）『万葉集と比較詩学』（おうふう）『悲劇の宰相長屋王』（講談社）

山上《やまのうえの》憶《おく》良《ら》　コレクション日本歌人選　002

2011年6月25日　初版第1刷発行
2015年8月20日　再版第1刷発行

著者　辰巳正明
監修　和歌文学会

装幀　芦澤泰偉
発行者　池田圭子
発行所　有限会社　笠間書院
東京都千代田区猿楽町2-2-3［〒101-0064］
電話　03-3295-1331　FAX　03-3294-0996
NDC分類　911.08

ISBN978-4-305-70602-7

印刷／製本：シナノ
乱丁・落丁本はお取り替えいたします。　（本文用紙：中性紙使用）
出版目録は上記住所または info@kasamashoin.co.jp まで。

コレクション日本歌人選 第Ⅰ期～第Ⅲ期 全60冊完結！

第Ⅰ期 20冊 2011年（平23）2月配本開始

No.	書名	よみ	著者
1	柿本人麻呂	かきのもとのひとまろ	高松寿夫
2	山上憶良	やまのうえのおくら	辰巳正明
3	小野小町	おののこまち	大塚英子
4	在原業平	ありわらのなりひら	中野方子
5	紀貫之	きのつらゆき	田中登
6	和泉式部	いずみしきぶ	高木和子
7	清少納言	せいしょうなごん	坪美奈子
8	源氏物語の和歌	げんじものがたりのわか	高野晴代
9	相模	さがみ	武田早苗
10	式子内親王	しょくしないしんのう（しきしないしんのう）	平井啓子
11	藤原定家	ふじわらていか（ふじわらのさだいえ）	村尾誠一
12	伏見院	ふしみいん	阿尾あすか
13	兼好法師	けんこうほうし	丸山陽子
14	戦国武将の歌	せんごくぶしょうのうた	綿抜豊昭
15	良寛	りょうかん	佐々木隆
16	香川景樹	かがわかげき	岡本聡
17	北原白秋	きたはらはくしゅう	國生雅子
18	斎藤茂吉	さいとうもきち	小倉真理子
19	塚本邦雄	つかもとくにお	島内景二
20	辞世の歌	じせいのうた	松村雄二

第Ⅱ期 20冊 2011年（平23）10月配本開始

No.	書名	よみ	著者
21	額田王と初期万葉歌人	ぬかたのおおきみとしょきまんようかじん	梶川信行
22	東歌・防人歌	あずまうた・さきもりうた	近藤信義
23	伊勢	いせ	中島輝賢
24	忠岑と躬恒	ただみねとみつね	青木太朗
25	今様	いまよう	植木朝子
26	飛鳥井雅経と藤原秀能	あすかいまさつねとふじわらのひでよし	稲葉美樹
27	藤原良経	ふじわらのよしつね	小山順子
28	後鳥羽院	ごとばいん	吉野朋美
29	二条為氏と為世	にじょうためうじとためよ	日比野浩信
30	永福門院	えいふくもんいん（ようふくもんいん）	小林守
31	頓阿	とんな（とんあ）	小林大輔
32	松永貞徳と烏丸光広	まつながていとくとからすまるみつひろ	高梨素子
33	細川幽斎	ほそかわゆうさい	加藤芳枝
34	芭蕉	ばしょう	伊藤善隆
35	石川啄木	いしかわたくぼく	河野有時
36	正岡子規	まさおかしき	矢羽勝幸
37	漱石の俳句・漢詩	そうせきのはいく・かんし	神山睦美
38	若山牧水	わかやまぼくすい	見尾久美恵
39	与謝野晶子	よさのあきこ	入江春行
40	寺山修司	てらやましゅうじ	葉名尻竜一

第Ⅲ期 20冊 2012年（平24）6月配本開始

No.	書名	よみ	著者
41	大伴旅人	おおとものたびと	中嶋真也
42	大伴家持	おおとものやかもち	小野寛
43	菅原道真	すがわらのみちざね	佐藤信一
44	紫式部	むらさきしきぶ	植田恭代
45	能因	のういん	高重久美
46	源俊頼	みなもとのとしより	高野瀬恵子
47	源平の武将歌人	げんぺいのぶしょうかじん	上宇都ゆりほ
48	西行	さいぎょう	橋本美香
49	俊成卿女と宮内卿	しゅんぜいきょうのむすめとくないきょう	小林一彦
50	寂蓮	じゃくれん	近藤香
51	源実朝	みなもとのさねとも	三木麻子
52	藤原為家	ふじわらためいえ	佐藤恒雄
53	京極為兼	きょうごくためかね	石澤一志
54	正徹と心敬	しょうてつとしんけい	伊藤伸江
55	三条西実隆	さんじょうにしさねたか	豊田恵子
56	おもろさうし	おもろさうし	島村幸一
57	木下長嘯子	きのしたちょうしょうし	大内瑞恵
58	本居宣長	もとおりのりなが	山下久夫
59	僧侶の歌	そうりょのうた	小池一行
60	アイヌ神謡ユーカラ		篠原昌彦

『コレクション日本歌人選』編集委員（和歌文学会）
松村雄二（代表）・田中　登・稲田利徳・小池一行・長崎　健